Youp van 't Hek

Driftkakker

2021
THOMAS RAP
AMSTERDAM

De columns verschenen eerder in NRC *Handelsblad*.

Omslagontwerp Eva Kohnstamm
Foto auteur Bob Bronshoff
Vormgeving binnenwerk CeevanWee, Amsterdam
Druk Wilco, Amersfoort
ISBN 978 94 004 0875 3
NUR 301

thomasrap.nl

MIX
Papier van
verantwoorde herkomst
FSC® C004472

Bij de productie van dit boek is gebruikgemaakt van papier dat het keurmerk van de Forest Stewardship Council (FSC®) mag dragen. Bij dit papier is het zeker dat de productie niet tot bosvernietiging heeft geleid.

Voor Sandrijn

Voorwoord

Ja, ik ben geboren in het Gooi. In een mooi huis, aan een schitterende vijver, bij zeer lieve ouders en leuke broers en zusjes, die allemaal hockeyden. En die dat nog steeds doen. Je kunt dat aan me horen. Ik praat niet bekakt, maar wel netjes. Ik scheld met twee woorden.

De droom was cabaretier worden en toen ik dat eenmaal was vroeg de sportredactie van NRC *Handelsblad* mij in 1986 of ik elke vrijdag een column wilde schrijven. Dat deed ik met plezier. Tot ik na een jaar of wat een beetje uitgepraat was over de sporters. Ik had iedereen tot diep in zijn kicksen en gympies beledigd. Ik wilde niet meer.

Ik wilde breder. Over de actualiteit van alledag. De toenmalige hoofdredacteur bood mij een plek op de zaterdagse Achterpagina en volgens mij kon het niet beter. Begin jaren negentig van de vorige eeuw ben ik daar begonnen en op een paar keer ziekenhuis na (soms kraakt de wagen!) heb ik zelden verzuimd. En er is weinig dat ik met zoveel plezier doe als het schrijven van mijn wekelijkse zaterdagstukje waarin ik me soms kwaad maak, vaak vrolijk, en bijna altijd verbaasd ben. Chronisch verbaasd over de ontzagwekkende realiteit. Wat mensen doen. Wat ze allemaal durven. In de politiek, op de werkvloer, tijdens een pandemie, in de charitatieve hoek en in het schaamteloze zakenleven.

Ondertussen heb ik een vaste schare lezers die mij geen week overslaat en een nog grotere groep die een onbedaarlijke tyfushekel aan me heeft. Op beide clubjes ben ik gloeiend trots. Al is het maar omdat mijn vader dat zei toen ik hem als vijftienjarig jochie vertelde dat ik cabaretier wilde worden. 'Zorg dat ze ook een gezonde hekel aan je hebben! Anders ben je geen knip voor je neus waard.'

Dat zei hij in dat mooie Gooise huis waarin ik in mijn hoofd nog steeds een beetje woon. Want een man kan het Gooi wel verlaten, maar het Gooi verlaat nooit die man. Daarom moest ik lachen toen een boze meneer onlangs tegen me zei: 'Hou je bek eens, kleine driftkakker!' Ik dacht: Driftkakker! Goed woord. Dat wordt de titel van mijn nieuwe bundel. Het leven is zo simpel!

Youp

Halbe Zijlstra Bokaal

Dus de wet wordt aangepast omdat onze minister van Justitie op zijn huwelijksdag aan zijn nieuwe schoonmoeder stond te frunniken? En die scène werd vastgelegd door een of andere enge roddelgluiperd van de *Privé*. Kortom: *Ga verder naar Dorpsstraat Ons Dorp. Indien u langs Start komt ontvangt u geen 200 euro.* Wat zijn we toch een schattig koninkrijkje.

Dat aanpassen van die wet is zo onbedaarlijk grappig. Dat je geen strafblad meer krijgt als je je stoeltje op een terras per ongeluk verzet. Dat kreeg je dus tot nu toe wel. Dat maakt ons land nog belachelijker dan het al is. En dat die Ferd uiteindelijk snikkend blijft zitten zegt meer over zijn ijdelheid dan over zijn politieke kwaliteiten. Ik lach niet graag om iemands uiterlijk, maar op deze kale kop past met groot gemak een pakje boter. Een pakje? Een heel koelhuis. Misschien een ideetje voor zijn nieuwe vrouw. Dat zij de komende Prinsjesdag als hoedje een kuipje *Bona* op haar hoofd plaatst.

Wat zal nou de reden zijn geweest dat Ferd na al die boze en loze aso-woorden dacht: ik treed niet af? Terwijl hij toch met vlag en wimpel in aanmerking kwam voor de Halbe Zijlstra Bokaal. Hoe zal het trouwens met onze Halbe zijn? Ik denk dat die lieverd blij is dat hij toen in dat vakantiehuis van Poetin bedankt heeft voor dat kopje thee. Dat had heel anders kunnen aflopen.

Maar terug naar onze aangebleven minister. Heeft zo'n man geen vrienden? Ik bedoel echte vrienden. Mensen die zeggen dat je na een uitglijer over zes kilo bananenschillen absoluut niet verder kan. Dat je vanaf nu het sulletje van het schoolplein bent. Dat iedereen keihard in de lach schiet als hij bij de bakker een half bruin bestelt. En dat die hem dan krentenbollen geeft. Of een doos soesjes. Of krakelingen. Domweg omdat hij dat half bruin niet gelooft. Hij wordt gewoon niet serieus genomen.

Wat zei Rutte nou? Iets met genade? En mildheid? Hoezo mildheid? Hoezo genade? Tot twee dagen geleden liepen allerlei enge boa's met botte potloden achteloze burgers op de bon te slingeren. Mensen kregen een forse boete als ze samen met hun ouders een stukje taart aten in een plantsoen. In Schiedam kostte dit een familie bijna 1600 euro. Genade? Mildheid? Doe normaal Mark. Bel jij ze? Of doet Ferd dat?

Was trouwens humor geweest als Ferd donderdag naar onze koning was gegaan om zijn ontslag in te dienen. De koning, die zelf net gezellig met zijn vrouw en een of andere vage afhaal-Griek op een foto stond. Op anderhalve centimeter afstand. Beetje domme Willy zou niks van dat ontslag begrepen hebben. Maar onze vorst heeft op dit moment wel belangrijker dingen aan zijn koninklijke hoofd. Waar vindt hij een goeie winterstalling voor zijn speedbootje van twee miljoen? Huisvesting is voor heel veel kinderen een gigantisch probleem in Griekenland. Dus voor zo'n ordinair bootje zeker.

Het huwelijksrelletje van de minister is alweer voorbij. Hoewel? Grapperhaus moet tot de verkiezingen op zijn sokken lopen, zo min mogelijk bewegen en daarna weer ergens als advocaat gaan lekken.

Verder moeten we ons collectief schamen dat er überhaupt een wet is geweest waardoor je een strafblad kreeg als je ergens je mondkapje was vergeten. Alle coronaboetes moeten onmiddellijk worden kwijtgescholden. En teruggestort. Mooi klusje voor die bolle Bruls!

En verder hoop ik dat Ferd en zijn vrouw een droom van een huwelijk krijgen. Zonder plexiglas wandje tussen hen in de twijfelaar. Kortom: ze leven nog lang en gelukkig.

Mildheid en Genade

‘Mildheid en genade,’ riep onze premier toen hij de oranje vlammen op het Griekse eiland Lesbos zag en besloot onmiddellijk om honderd ontheemde weeskinderen deze kant op te laten komen.

De CDA-bewindslieden aan wie hij zijn brede, humane gebaar bekendmaakte, riepen nog wel dat die dekselse vluchtelingen de boel zelf in de hens hadden gestoken. Maar dit tegenargument was zinloos. Daarbij ruilen we ze uit. Ze worden van ons vluchtelingenquotum afgetrokken.

Ferd Grapperhaus knikte instemmend en devoot. Hij zit in een moeilijke positie. Zeker nu het hardnekkige gerucht door Den Haag gonst dat zijn verse vrouw Liesbeth van hem af wil. Waarom? Omdat ze hem niet meer gelooft. Geen enkel vertrouwen in zijn ja-woord. Of zoals ze het zelf zei: ‘Hij heeft wel meer geroepen waar hij niks van bleek te menen.’ Ze vindt het wel jammer voor haar moeder.

En ze is blij dat het overtreden van de coronaregels

niet meer op ons strafblad komt. Ze benadrukte deze week dat Ferd dat sowieso al van plan was. En Mark wilde dat ook al heel lang. Net als Hugo. Eigenlijk was het hele kabinet hier al maanden mee bezig. En het kwam toevallig zo uit. Zal iedereen in de periferie van onze minister zeggen dat ze hem geloven als hij over deze strafbladonzin begint? Is het geen idee om bij het CDA de democratisch gekozen Pieter Omtzigt alsnog tot lijsttrekker te benoemen? Zodat de schade in maart enigszins beperkt wordt. Die Pieter geloven we nog, maar die Hugo moet extra vaak naar de zonnebank om zijn blozen te verdoezelen.

Inmiddels heeft de premier onze koning gebeld met de vraag of de Grieken zijn speedbootje van twee miljoen mogen lenen om 'onze zeer welkome Syrische wezen' uit het vluchtelingenkamp Moria een eerste zetje onze kant op te geven.

Dat vond Willy uiteraard goed, zij het dat hij iets uitlenen aan Grieken best riskant vond. Hij citeerde Wilders en Baudet. Later bleek dit een grapje.

In de Kamer was de stemming verdeeld. Velen vonden het gebaar van honderd kinderen te ruimhartig. We waren als Nederland duidelijk weer te goed geweest. Te humaan. Honderd kinderen. Dat is veel. Heel veel.

Het feit dat de vluchtelingen zelf de lucifers hadden gehanteerd zagen veel Kamerleden als een vorm van chantage. Maar toen gingen ze over hun eigen zonden nadenken en zwegen ze. Als een aangedane Grapperhaus.

Welke zonden? Bezopen achter het stuur, hypotheekfraude, belangenverstrengeling, een partijgenoot met een gekregen penthouse, onterechte onkostenvergoedingen, sjoemelen met kilometers, enzovoort, enzovoort.

'Mildheid & genade,' mompelden ze massaal en vroegen zich af of al deze in hun ogen menselijke doodzonden ook van je strafblad gegumd konden worden. En bijvoorbeeld omgezet in een simpele schorsing.

Misschien een leuk thema voor de komende Troonrede. Dat we wat zachter voor elkaar moeten zijn. Dat we iedereen laten praten en geen consequenties meer aan die woorden verbinden. Daarbij begrijp ik dat veel mensen hun woorden totaal zijn vergeten. Akwasi wordt serieus onderzocht op alzheimer.

Ik kijk naar de wereld met mildheid en genade. Zeker als ik lees dat in Parijs een 22-jarig meisje bij Musée d'Orsay geweigerd is om een te diep decolleté. Staphorst? Marrakesh? Teheran? Nee, Parijs. Ooit de stad van de Moulin Rouge en oh-la-la. Een CDA'er zal zeggen dat ze die blouse zelf heeft aangetrokken. Ik ga nog verder: God heeft die mooie tieten bedacht. Dus zij en Allah zijn schuldig.

In Brazilië is een onderzoeker van inheemse Amazonestammen bij aankomst bij zo'n clubje dwars door zijn donder geschoten. Met een pijl. Die inboorlingen houden niet van bemoeiallen. Hoe goed en wetenschappelijk ze het ook bedoelen. De man heeft de pijl uit zijn borst getrokken en liep nog vijftig meter voor hij stervend ineen zeeg. Goed einde van een film.

Ik moest bij dit bericht toch weer aan onze Ferd denken. Een gewonde Ferd die iets wanhopigs roept en neervalt. Waarna een kinderkoor van honderd gevluchte Syrische wezen begint te zingen. Over Mildheid en genade.

Voetveegpietjes

De landelijke intocht van Sinterklaas is dit jaar op een geheime locatie zonder publiek. Op Schiermonnikoog gaat de roddel dat het Rottumerplaat wordt. Daarom scharrelen er al weken vier fregatten van de Koninklijke Marine rond het eilandje.

Er gaan veel geruchten over het draaiboek. Iemand had het over een zwarte transseksuele Sint, die begeleid wordt door een roedel Romeinse slaafjes. Dat laatste zou dan een geschiedkundige knipoog naar ons lelijke VOC-verleden zijn. Maar er gonzen ook andere scenario's. Zo wordt Lange Frans als goedheiligman genoemd en die zou slechts twee Pieten meenemen: Doutzen Kroes en Arie Boomsma. Het paard van de Sint is sowieso bruin en de pepernoten zijn uiteraard vega.

GroenLinks wil Akwasi als Sint met Johan Derksen en René van der Gijp als zijn voetveegpietjes, maar dat gaat zo goed als zeker niet door. Akwasi zag er de humor wel van in, hoewel hij wilde dat Wilfred Genee naast het paard zou lopen en heel hongerig de hielen van Sinterklaas zou likken. Wilfred was akkoord, maar Johan en René vonden dit te plat. Die zijn van de iets meer fijnzinnige satire. Zij zouden dan ook niet komen. Volgens vrienden van Johan en René is dat grootspraak. Even rinkelen met de buidel en dan komt alles alsnog dik in orde.

Over het vervoer van de Sint is iedereen het eens. Het gezapige bootje van Jannie en André van Duin mag hem halen en brengen. Zij varen uiteraard mee en willen de Sint eerst nog even langs een paar romantische plekjes voeren.

Dit is nog niet helemaal zeker omdat Willem-Alexander zich ook gemeld heeft. Hij schijnt onlangs een speedboot van twee miljoen euro te hebben gekocht en die wil hij aan zijn volk tonen. Ook als dank omdat hij er volgend jaar als enige Nederlander 1,3 miljoen bijkrijgt. Hij overweegt daar, gezien de financiële stand van het land, vanaf te zien. Het bootje wil hij na de intocht aan de zeehondenopvang in Pieterburen schenken. Maar die vinden het een ordinaire proletenboot. De Waddenzee onwaardig. Zij noemen dit soort zaken een *easy toy*. Hiermee doelen ze op de seksspeeltjeshandel Easy Toy uit Veendam. Die heeft een jaaromzet van 61 miljoen euro. In één keer snap je die nachtelijke aardverschuivingen daar. Het bedrijf wil de voetbalclub Emmen steunen als shirtsponsor. Dat vind ik ronduit raar. Ik zou in dit geval toch echt de naam van het bedrijf voorop de broek zetten. Voorlopig gaat de deal niet door. Waarom niet? Geen idee.

Ik schrijf dit stukje op vrijdagmiddag aan de Noord-Hollandse kust waar ik duizenden Duitsers halsoverkop zie vluchten. Anders moeten ze in quarantaine. Ik mijmer zacht: 'Als mijn ouders hadden geweten dat je ze zo gemakkelijk weg krijgt...'

Zelf ben ik ook gehaast omdat ik zondagmiddag om kwart voor vijf in de Johan Cruijff ArenA naar Ajax-RKC mag. Twee dagen van tevoren moeten we namelijk op ons stoeltje zitten nadat we eerst op zeven formulieren hebben ingevuld dat we geen verhoging, geen snot en geen diarree hebben. Na de wedstrijd moeten we tot maandagochtend elf uur blijven omdat we een voor een het stadion moeten verlaten. Nee, ik heb er echt zin in.

Er woedt iets in me. Iets rebels. Ik voel muiterij aankomen. Niet alleen bij mij, maar bij het hele land. Ik merk het ook aan mijn overwegend beschaafde vrienden. Ze zijn coronamoe. Coronabeu is misschien een beter woord. Dom want ik weet wat de ziekte inhoudt. Maar toch.

Ik heb zin om een politieagent op zijn muil te timmeren. Die zijn toch corrupt. Ik doe het niet. Ik dreig alleen. Ik zeg later wel sorry. Hoewel? Ik ken geen officier van justitie die...

Zal ik nu vast een bedragje naar een goed doel overmaken? Daarna zeg ik sorry. En daarna wil ik een lintje. Omdat ik heel spontaan en oprecht sorry heb gezegd. En als ik later alsnog een boete krijg zal ik het bedrag dat ik inmiddels aan dat goede doel betaald heb dan terugvragen?

#Diederikbedankt

De hoofdredactie vroeg of ik in deze jubileumkrant iets over mijn lezers zou willen zeggen. Maar dat wil ik niet. Behalve dat ik blij ben dat ik ze al meer dan dertig jaar heb en ik hoop dat ik af en toe een zaterdagochtendlach op hun gezichten kan toveren. En ik word nog vrolijker als ik een zootje ijdele eikels boos kan maken met mijn zorgvuldig gekozen woorden. Zo boos dat hun hele weekend naar de gallemiezen is. En verder vind ik alles goed. Lees en lach je blij of erger jezelf in een grommende coma.

Of de lezer in de loop der jaren veranderd is? Soms heb ik het gevoel dat de ironie minder begrepen wordt. Afgelopen week las ik nog een ingezonden brief van iemand die dacht dat ik een agent op zijn bek wilde timmeren. Ik had dat namelijk geschreven. Klopt. Maar een goede verstaander koppelde dat aan uitspraken van de heilige Akwasi, mijn collega-woordkunstenaar die het uiteindelijk ook niet zo bedoeld had. Maar ik schrijf dat niet altijd letterlijk op.

Het is de NRC hè. Dus ik verwacht wel lezers met een beetje basiskennis. Of men mijn grachtengordelmeningen serieus moet nemen? Als het die week in je straatje past zou ik het zeker doen. En anders? Twitteren schijnt enorm op te luchten.

Deze week had ik net als de rest van ons land diep medelijden met die arme Famke waar louter onsamenhangende bagger uit kwam. Vooral bij Eva Jinek waar Diederik Gommers een glansrol vervulde door het panische gansje rustig uit te laten brabbelen. Je zag Gommers denken: in welke surrealistische hel ben ik in godsnaam beland? Ik denk dat hij het afgedwaalde schaap na afloop nog even vaderlijk heeft toegesproken. Inmiddels heeft ze haar filmpje teruggetrokken en braaf haar excuses aangeboden. Kortom: Diederik bedankt. Dit scheelt een paar miljoen doden. Ik baseer me in dit laatste geval op cijfers van Famke haar geloofsgenoot Tim Douwsma. Deze zanger moet zijn optreden bij *Op1* nog maar eens rustig terugkijken. Ik zou als ik hem was bij een volgend optreden niet op een afgeladen Ziggo Dome rekenen. Misschien wil de harde kern van de Tilburgse voetbalclub Willem II komen springen. Die nemen de regels ook niet zo nauw. Misschien wil de viruswaanzinnige dansleraar Willem Engel de supporters een choreografietje leren. Engel is die rattenvanger die een steeds groter leger complotdenkers achter zich aan krijgt. En die Famke, Tim en al die andere BN'ers omgeluld had voor dit ranzige klusje.

Ondertussen stromen de ziekenhuizen weer vol. Misschien is het een idee om de dokters en verpleegkundigen tegen al die Engel-aanhangers '#ikdoenietmeermee' te laten zeggen. Gewoon om ze even aan het schrikken te maken. En ze daarna af te voeren naar de kelder van het hospitaal waar ze zich dood mogen dansen op keiharde house. Grapperhouse!

Moest u ook zo lachen dat uitgerekend Ferd gisteren bekend moest maken dat mensen met coronaboetes geen strafblad krijgen? Hoe heeft ie dit verteld? Binnensmonds? Schriftelijk? Of alleen via de doventolk? Zal hij thuis geoefend hebben?

Over aso's en een strafblad gesproken: begrijp ik nou dat Halbe Zijlstra van fictieve gast in het vakantiehuis van gifmenger Poetin is uitgegroeid tot liegende asfaltboer bij Volker Wessels? Hij stort de natuurplas Over de Maas vol met het giftige granuliet en gebruikt als ex-politicus de meest achterbakse methodes om hiervoor bij de minister een vergunning te regelen. Per WhatsApp. Dan zal hij het nummer van Loekasjenko ook wel hebben. En onze minister werkt en liegt mee. Het water van Over de Maas is nu angstaanjagend troebel en zo goed als zeker kankerverwekkend. Denk niet dat onze koning er met zijn speedbootje van twee miljoen gezellig in gaat dobberen. Slecht voor de lak.

Vannacht droomde ik dat Famke Louise een *first date* had met die hilarische blunderkeeper van PSV.

Ze ondervroegen elkaar over dingen waar je achteraf spijt van hebt. Ze konden allebei niks bedenken. Daarna kwam Halbe met de rekening. Die uiteraard niet klopte.

Bastaardzussenpotje

We feliciteren de Belgen deze week met hun nieuwe regering waar ze meer dan een jaar over gesoebat hebben en natuurlijk met hun nieuwe prinses. Een zus van die ietwat saaie koning Flip. Tweeënvijftig jaar geleden geboren uit de relatie van hun vader met een dame met een hele dure achternaam. Dus in een hemelbed verwekt. Niet in een tochtige coronavrije fietsenstalling.

Ik begrijp dat die oude Albert, die inmiddels 86 is, de hele zaak stevig heeft tegengewerkt. Het verkrijgen van het DNA ging bij onze Limburgse Jos B. gemakkelijker. Maar een Belgische rechtbank heeft de oude vorst uiteindelijk gedwongen en inmiddels is ontkennen voor hem zinloos. Hij heeft ooit zonder mondkapje geniest. En daar komen kinderen van. De prinses heeft onmiddellijk zijn achternaam aangenomen en volgens de zeer betrouwbare *Gazet van Antwerpen* claimt ze op voorhand ook al een flink deel van de erfenis. Ik vind het gezellig leesvoer. Het hoort bij het zinloze sprookje van de monarchie dat zowel onze zuiderburen als ons eigen volk in stand wil houden.

Onze koning heeft ook twee van dit soort tantes, maar dat zijn geen prinsessen omdat het geen koningskinderen zijn. Hun vader deed het in die tijd met onze toenmalige koningin. Of laat ik het anders zeggen: hij was met Juliana getrouwd. Dat lijkt me realistischer. Maar dan heb je als dochter dus geen recht op een koninklijke titel. Je bent wel de zus van Trix. Of ons land de tantes financieel onderhoudt? Dat zal wel weer geheim zijn. Misschien heeft Trix een zwart bastaardzussenpotje dat ze af en toe aanvult door een Rubens te verpatsen.

Inmiddels begrijp ik dat het Republikeins Genootschap de positie van onze koning binnenkort wil toetsen bij de rechter. Dat wordt nog best ingewikkeld daar er achter iedere rechter een portret van Willy hangt. Niet in zijn ordinaire speedbootje van twee miljoen euro, maar in een deftig pak met die chique mevrouw naast hem. Daarbij: het volk wil hem gewoon en heeft geen enkel bezwaar tegen het feit dat hij als enige Nederlandse uitkeringstrekker komend jaar een vette loonsverhoging krijgt en moeiteloos accepteert. Plus een miljoen voor zijn dochter. Elisabeth, de Belgische collega van Amalia, weigert deze uitkering trouwens. Kwestie van fatsoen.

Deze week moest ik lachen. Kwam door een of ander fossiel die ik hoorde zeggen dat we ons koningshuis ooit van God gekregen hebben. God bestaat niet. En als ie dat wel doet dan heeft ie vast iets anders aan zijn drukke hoofd dan om in een of ander minuscuul kutlandje een gozer met een hipsterbaard voor een paar miljoen op een troon te hijsen. De polen smelten, de bossen branden, de kinderen verhongeren, de mensen vluchten en de bejaarden sterven.

En heeft diezelfde god dan ook die Engelse Edward uitverkoren? En die immer schuin marcherende Belg Laurent in zijn Porsches?

Wat is dat trouwens met dat geloof? Waarom mogen kerken en moskeeën in deze tijd honderd zingende klanten ontvangen en zijn de theaters genoodzaakt om bij dertig mensen de deuren te sluiten? En waarom krijgt in Amsterdam de benauwde Kleine Komedie wel toestemming om meer mensen te ontvangen en mag de zeer ruim bemeten Ziggo Dome hooguit dertig mensen binnenlaten? En Hugo de Jonge: leg het me nog een keer uit van die vliegtuigen en Ikea.

Mijn hoofd stoomt. Van boosheid en van verontwaardiging. Ik snap de coronaproblemen en denk dat we, nu Famke Louise onze Diederik Gommers gaat adviseren, er zeker uitkomen. Maar leg het me nog een keer uit over dat koningshuis. Dat koningshuis en die uitkeringen.

Hoewel? Toen ik die geriatrische discussie tussen de niet alleen aan corona lijdende Donald Trump en die diep demente Joe Biden zag begreep ik onze Oranjeklanten weer beter dan ooit. Laten wij die van ons maar lekker laten zitten. Maar ik mag toch wel gewoon aan de koning vragen of hij van zijn ordinaire loonsverhoging af wil zien. Dan babbelt hij in zijn komende kersttoespraak stukken gemakkelijker over solidariteit. Solidariteit en saamhorigheid.

Miskraamafdeling

Als ik nu jong was, een jaar of achttien bijvoorbeeld, dan zou ik dat verkiezingsworstje van Jesse echt weigeren. Wat is nou tienduizend euro? En nog eenmalig ook. Ik zou dat bedrag jaarlijks willen. Plus een iPhone, een iPad, een scooter en een Playstation. Wat een krent die Klaver. En dat allemaal in het welvarende land waar het Koningshuis er in deze economisch zware tijden weer vet op vooruit is gegaan. Dus onze koning kan rustig blijven ronddobberen in zijn ordinaire speedbootje van twee miljoen euro.

Volgens Jesse moet het cadeautje vooral worden opgehoest door de miljonairs. En daar zit nou net het probleem. De meeste miljonairs hebben geslepen sjoemelaccountants en uitgenaste Zuidas-advocaten die ervoor zorgen dat ze niks betalen. Hebben we deze week allemaal goed over Ajax gelezen? Flinke winst gehaald, daarna de directeuren een paar ton bonus uitgekeerd en vervolgens het bedelende coronahandje bij de overheid opgehouden. Ik zie een commissarissenvergadering van deftige heren die op anderhalve meter van elkaar met een mondkapje voor hun kakbakkes zitten. En die daarom keurig mompelen: 'Wat houden we ons toch netjes aan de regels.' Waarna ze samen gaan scharrelen aan de rand van het fiscale ravijn. Is het een goed idee om de Ajax-directeuren te adviseren hun bonus te beleggen in Booking.com? Daar leeft in elk geval dezelfde mentaliteit. Soort vindt soort.

Over Ajax gesproken. Ik mag toch hopen dat de corona-maatregelen heel lang van kracht blijven. Niet dat ik mijn Amsterdamse cluppie failliet wil, maar dan gaat die musical over Johan Cruijff voorlopig niet door. Wie is in godsnaam met dat onzalige idee gekomen? Een musical over onze heilige Johan! En dan ook nog in een commercieel dorpshuis in Leusden. Waar? In Leusden. Gefinancierd door de sponsor van AZ.

Na je dood heb je nog weinig over jezelf te zeggen, maar een musical is toch wel het laatste dat je moet willen. En wie gaat Johan nadoen? Viggo Waas? Die meneer uit Utrecht? Of iemand die het echt goed kan? Die is er niet. Omdat Johan zo uniek was. Waarom willen mensen dit? Ik zit ook wel eens in een artistiek dipje, maar om dan die arme Cruijff te gaan misbruiken...

Maar we hadden het over Jesse zijn verkiezingstrucje. Zou Trump het van onze Brabantse krullenbol hebben? Want deze miljardair, die trouwens ook nooit belasting betaalt, wil opeens iets gratis gaan uitdelen. In zijn geval omstreden coronamedicijnen voor bejaarden. Eén troost: de komende weken gaan artsen onderzoeken of coronapatiënten hersenschade hebben opgelopen. Dat wordt nog een klusje bij oom Donald. Ik vrees dat het scanapparaat al angstaanjagend begint te toeteren als hij het parkeerterrein van het ziekenhuis oprijdt.

Maar van Jesse krijgt de jeugd dus poen. Als investering in hun toekomst. Zoiets hoorde ik hem zeggen. Dat je vast een startkapitaaltje hebt als je heel tuttig een eigen zaak wilt beginnen. 's Avonds op televisie bekende een aantal gasten heel eerlijk dat ze bang zijn dat hun hebberige familie het geld opeist. Ikzelf zie vooral lange rijen bij de coffeeshops en de slijters. Zijn die tien ruggen trouwens netto of bruto. Of hangt dat van je accountant af? Even Ajax bellen.

Notoire aandachtorgels schreeuwen de idiootste voorstellen door elkaar. Gelukkig hebben we God nog. Die houdt ons op de been. Zoals in Staphorst waar Hij sterker is dan een mondkapje.

Lang geleden bezocht ik een vriendin die op de miskraamafdeling van een Zwols ziekenhuis lag. Daar krioelde het van de Staphorster vrouwen in hun wulpse klederdracht. En nu denk ik: zouden zij toen allemaal een kindje van de dienstdoende gynaecoloog hebben gekregen? Ik weet nog wel dat ik de dokter haastig door de gang zag rennen. Waarschijnlijk met zijn kwakje onder zijn oksel. Wat is het leven toch leuk. Zeker als de wereld compleet in paniek is. En neemt u van mij aan: het wordt alleen maar erger.

Ondertussen zit er al een kleine tien minuten een vlieg op mijn kale kop. Ik zal toch niet dood zijn?

Praatprogrammageil

Afgelopen woensdag speelde ik de voorlopig laatste voorstelling in het Larense Singer Theater, dat daarna zijn deuren sloot. Mooi symbolisch omdat ik dat theater onlangs ook geopend heb. Sowieso zie ik veel cirkels. De komende weken speel ik in zaaltjes voor dertig mensen en ben ik terug in 1982. Met mijn cabaret Nar was dat toen normaal. Het oude normaal dus. Bij dertig knepen we onze handjes dicht. Ik verlang vaak naar die tijd dat er nog veel te dromen viel.

Ja, het is malaise. Niet alleen in mijn sector, maar ook in de horeca. Hoewel? Ik zag op het nieuws dat er een tentje op het Haagse Plein nog een mooie laatste omzet heeft gedraaid. Gefeliciteerd. Lekker druk en vooral leuk volk. Ik kon niet goed zien wie er op die tafels stonden te dansen, maar ik gok op Willem Engel, Lange Frans en Doutzen Kroes. De locatie was ook goed gekozen. Op een steenworp van het parlement.

Daar zijn ze de demonstranten inmiddels spuugzat.

Of die niet ergens anders heen kunnen? Ik snap de Kamerleden wel. En de ministers ook. Er staan louter stakkers. Op de televisie hoorde ik er eentje naar Hugo de Jonge schreeuwen dat hij een kinderverkrachter is.

Goeie tekst, dacht ik. Lang over nagedacht. Mocht er een kern van waarheid in de beschuldiging van deze idioot zitten dan raad ik Hugo aan om die Gerald Roethof als advocaat te vragen. Die kan je goed adviseren wat je moet verklaren voor de rechtbank. Je moet wel een ruime fantasie hebben. En je moet weten dat de advocaat een tikje praatprogrammageil is. Hij is graag in beeld. Maar dat zijn er meer in deze donkere dagen. Dokters, virologen, zelfbenoemde virologen, aerosolverspreidingsdeskundigen en nog een hele roedel andere met de gure wind mee lullende types. Ik vraag me telkens af of die gasten zo langzamerhand niet doodmoe zijn van zichzelf. Hun visies, theorieën, conclusies. En het vijvertje waar ze uit gevist worden is steeds kleiner. Meer een aquarium. Jort presenteert het ene programma, maar is deskundige bij een ander programma en daarnaast is hij ook nog eens de beste vriend van onze innemende premier. Dat laatste houdt hij strikt gescheiden. Wij doen dat gelukkig niet.

Maar terug naar de schreeuwers bij de Kamer. Men is die enge types dus zat. En ik snap dat. Ik hoorde iemand op de radio uitleggen dat het komt door de bezuinigingen op de GGZ. Er lopen veel te veel stumperds vrij rond. Het kan. Maar diep in mijn hart ben ik natuurlijk voor demonstraties. En liefst zo dicht mogelijk bij het parlement. Niet verbieden zegt mijn hart. Nooit verbieden. Ook niet verplaatsen.

In het doodarme Thailand gaat avond aan avond een meute de straat op om te protesteren tegen de Thaise vorst, die in de loop der jaren een kleine 70 miljard dollar bij elkaar gejat schijnt te hebben. Dat is weer eens wat anders dan een koning die in ons land keihard uitgelachen wordt om een sneu speedbootje van twee miljoen euro dat hij zichzelf in de coronatijd cadeau heeft gedaan. En bij ons mag je heel lang een grapje maken over die zielige aankoop. Daar verdwijn je en word je later als lijk teruggevonden met een paar kilo cement in je maag.

Maar ik ben dus tegen een demonstratieverbod. Zoals het wekelijkse vreedzame protest in Wit-Rusland ook moet doorgaan. Maar inderdaad: protest zonder agressie.

Vanwaar die agressie? De NOS heeft zijn logo's van de wagens gehaald omdat de medewerkers voortdurend lastiggevallen worden. Dat is verontrustend. Zeer verontrustend zelfs. Maar om dan meteen een #jesuisnos het internet op te gooien heeft ook iets intens treurigs. Dat gebeurde donderdag op Twitter. Dat is toch echt een belediging van de slachtoffers van *Charlie Hebdo*. Daar werden 12 mensen vermoord.

Hier hoort een reporter dat ie een eikel is. Nou en? Misschien is ie dat ook wel? Ik protesteer tegen de hashtag #jesuisnos.

Maar ik doe dat met woorden. Stelletje kinderverkrachters!

Verlosser

De leukste regel uit de liegspeech van onze koning? We zijn betrokken. Nou, als we iets niet zijn dan is het betrokken. Het kan ons geen reet schelen. Dat was eerlijker geweest. Bijna acht maanden weet je dat je volk balanceert op het randje van een collectief faillissement. Alleen Jumbo doet het goed. Ondertussen heb je zelf een wettelijke loonsverhoging geaccepteerd, geen enkel bezwaar gemaakt tegen een miljoen euro zakgeld dat je oudste dochter gaat vangen en heb je een ordinair speedbootje van twee miljoen euro niet afbesteld. Kortom: betrokken?

Daarbij botst dit nogal met je eigen woorden als 'opofferingsgezindheid' en 'saamhorigheid', die je regelmatig in allerhande zalvende toespraakjes stamelt. Ik weet dat dat je werk is en dat we je daar privé niet op mogen afrekenen, maar zeg het dan niet. Doe dan net als je collega uit Thailand en laat openlijk merken dat het allemaal gelul is. Die benoemde ooit zijn poedel tot maarschalk en liet allerhande onderkruipsel naar het hondje salueren. En de kruipers salueerden. Moesten ze ook wel omdat ze anders eindigden als de Franse leraar Samuel Paty.

Gelukkig mogen we hier keihard om je lachen. En zeker om het amateurtoneel van je vrouw, die tijdens je boetedoening dramatisch naast je op de canapé zat te zwijgen. Wat was dat hilarisch. Wat zullen jullie gelachen hebben. Moest het vaak over? Hoe kreeg je die regel 'Ons eigen besluit om terug te keren' uit je mond? Eigen besluit? Je bent gesommeerd door je woedende moeder, je verstandige broertje, onze aalgladde premier Mark en ongetwijfeld nog door een stuk of wat adviseurs. Wie zijn dat? Doorgefokte adel met driedubbele achternamen die je nog van Minerva kent? En hebben die je niet gewaarschuwd? Zijn zij ook verantwoordelijk voor die belabberde kleutertekst van je laatste toespraakje? Ik begreep dat zelfs de helft van de *Shownieuws*-kijkers je niet meer gelooft. Nou, dan heb je het bont gemaakt vriend. Hoewel? Onze Kamerleden waren stuk voor stuk blij met je oprechte knieval. Zetelangst? Zelfs de SP steunt je. Wat een lafbekken.

Je herfstvakantie kan geen opwelling geweest zijn. Je bent namelijk staatshoofd. Wist je dat van die corona? Dat Hugo en Mark regelmatig persconferenties geven met strenge regels en adviezen? Dat is niet langs je heen gegaan? Persconferenties waar doventolken een tennisarm aan hebben overgehouden! Hoe kom je dan op het idee om als staatshoofd je volk in nood alleen te laten?

Simpele vraag: waarom gijzelen wij jullie eigenlijk voor dit Eftelingsprookje? En waarom laten jullie je gijzelen? Waarom stoppen we er niet gewoon mee? Het is 2020. Je bent een liefhebbende vader en je gaat jouw Amalia toch niet voor de rest van haar eenmalige leven hier op aarde met deze onzin opzadelen? En kom nou niet aan met de 'verbindende factor' en 'dat een president duurder is'. Dat laatste klopt, maar die hoeft maar vier jaar de paljas uit te hangen. Jullie hebben levenslang.

Hoe we dit oplossen? Ga maandagmiddag meteen met Mark praten en regel een redelijke opzegtermijn plus een dito uitkering zodat je in dat bootje kan blijven varen. Je huisjesmelkende neef Bernhard heeft vast nog wel iets te huur in Amsterdam-Zuid voor jullie. En dan ben je vrij. Kan je gaan en staan waar je wil. En drinken we een gezond biertje op de goede afloop. Tenminste als de kroegen weer open zijn.

Wie jouw plek inneemt? De komende vier jaar zetten we Martien Meiland in je paleis, daarna Gerard Joling en dan denk ik dat Splinter Chabot er klaar voor is om uitbundig naar het volk te zwaaien. Daarna zien we wel verder. Kortom: geen zorgen. Dank voor de bewezen diensten en wees blij dat het hartstikke klaar is. Zeker na afgelopen week. Of heb je het expres gedaan? Dat je juist wilde dat het zo afliep?

Je zal nog vaak aan me denken. Net als Max en Amalia. Menig maal zullen jullie zacht en liefdevol fluisteren: ‘Dankjewel lieve Youpie. Onfeilbare verlosser.’

Boer zoekt jou

Het programma *Opsporing Verzocht* wordt korter en minder vaak uitgezonden. En het wordt gepresenteerd door Giel Beelen, die graag wat minder wil werken. Ik kijk altijd graag naar het misdaadprogramma, vooral naar de schimmige bewakingsbeelden waarop je allerhande ongenode gasten tuinen ziet betreden. Wat dat betreft verheug ik mij op opnamen van de bewakingscamera's van de heer Rob Jetten, die dinsdagavond werd overvallen door een vijftal kinkels van *Farmers Defence Force.* Beetje ingewikkelde naam voor boze agrariërs die bij ons thuis gewoon *De Veurtrekkers* worden genoemd. Spreken ze ook alleen maar Engels? Op het filmpje dat ze op de stoep bij Rob hadden gemaakt hoorde ik ze vooral iets onverstaanbaars brabbelen. Dat zou best Engels geweest kunnen zijn. Boerenengels met lekker veel steenkolen.

Maar even tussen ons: het zijn toch gewoon Siciliaanse maffiamethoden om bij een politicus thuis aan te bellen en hem een cadeautje te overhandigen? Even duidelijk maken dat je weet waar hij woont. Rob was zo netjes om het boerenpresentje te accepteren, maar was uiteraard wel op zijn hoede. Niet zo heel lang geleden liepen deze zelfde fijnzinnige agrariërs namelijk nog met zijn doodskist te zeulen. En ze reden hem ooit klem met hun tractoren. Dat was trouwens ook een ludieke actie. Net als dit ziekenbezoekje. Nee, hartverwarmende jongens vol sprankelende humor die boeren.

Later verklaarden ze dat het fruitmandbezoekje goedbedoeld was. Behalve Yvon Jaspers gelooft helemaal niemand dat. Jetten mag trouwens nog van geluk spreken dat de heren goedgeluimd waren en daarom netjes aanbelden. Als ze boos zijn willen ze namelijk nog wel eens met een trekker je hele voordeur uit je pandje jassen. In Groningen weten ze daar alles van.

Iemand thuis opzoeken doe je gewoon niet. Je vecht met elkaar in het parlement, rollebolt verbaal over het Malieveld, scheldt malkander verrot in dorpse achterafzaaltjes, maakt elkaar voor alles uit op Twitter en je mag met je boosheid proberen om Ab Osterhaus wakker te houden tijdens een uitzending van *Op1*, maar je schendt niet iemands privédomein. Punt.

Zelf maak ik me al een tijdje puberaal vrolijk om het ordinaire speedbootje van twee miljoen euro dat onze Duitse koning zichzelf in deze crisis cadeau heeft gedaan. Daar mag ik graag over praten en schrijven, maar ik ga de goede man niet in zijn Griekse volkstuintje opzoeken. Denk ook niet dat ik ver kom.

Het intimideren van politici is in de mode. Het ergste is het natuurlijk gesteld met Geert Wilders, die al jaren gruwelijk gegijzeld wordt door enge moslimextremisten. Zij staan te trappelen om hem een kopje kleiner te maken. Dat is een fijne middeleeuwse traditie in die jolige kringen vol zichzelf relativerende lachebekjes. Wilders en Rutte houden hun rug gelukkig recht tegenover die enge Erdogan. Ondertussen ben ik zeer benieuwd naar de grote demonstratie op de Dam. Iets met *Je suis Nice?* Of is Zwarte Piet voorlopig nog steeds belangrijker?

Het zijn sombere tijden. Zeker nu de kroegen dicht zijn. Normaal kan je daar onder het genot van een paar glazen van het een of ander stevig uithuilen over alles wat niet goed gaat. Wie daar zeker aan toe is? Thierry! Die zag in enkele maanden zijn grote volkspartij verdampen tot een eenzame splinter. Nog even en hij moet fuseren met Henk Krol. Of nog erger: geld lenen bij Henk Otten. Ik begrijp dat Baudet vooral kwalijk wordt genomen dat hij in zee is gegaan met Lange Frans en zijn rare complotwappies. Dat zijn graancirkelfetisjisten die zeker weten dat we mondiaal geregeerd worden door Joodse, kinderbloed drinkende pedofielen die via 5G-masten de corona ontvangen van de Joodse Chinezen. De kiezers van Thierry zijn daarom afgehaakt en gezellig teruggegaan naar Geert. Die is ook raar, maar daar fladdert geen bronstige Uil van Minerva door zijn geverfde hoofd. Wel goed nieuws dat Rutte blijft. Wist niet dat ik dat nog eens op zou schrijven.

En voor boze boeren die mij na dit stukje thuis willen bezoeken: ik woon tegenwoordig in het zalige Zutphen.

Loonoffer

De razende wereld. Alles claxonneert door elkaar. Een radeloze Trump wiens leugenspeech door Amerikaanse televisiezenders wordt weggedraaid, waarna zijn aanhang furieus is en zijn zoon min of meer officieel de burgeroorlog uitriep. Een oorlog waar zijn psychotische vader ongetwijfeld weer trots op is. En diens gewapende aanhang zeker. Zij snakken bloeddorstig naar rechtvaardigheid. Hun rechtvaardigheid.

'Stop het tellen van de stemmen,' riep de democratische dictator van de Republikeinen die zich nog even president mag noemen. Stop het tellen van de stemmen! Als dat geen humor is? Zeker voor iemand met een psychose. Welke leraar geschiedenis of maatschappijleer legt dit ooit aan zijn leerlingen uit? Als hij het nog kan uitleggen. Als hij niet ondergedoken zit omdat zijn hoofd opgeëist wordt door radicale moslims. Opgeëist omdat een van hen een cartoon niet heeft begrepen, maar het beledigende plaatje wel op het internet heeft geplaatst. De zeer geestige tekening had ooit een prijs gewonnen. De wereld botst. De vonken vliegen. De lontjes zijn kort. Ik denk na.

Waarover? Over de Franse onthoofder die achttien was. Achttien! Toen sleutelde ik aan brommers en meisjes. De brommers kreeg ik aan de praat. De meisjes niet. Ben sowieso verbaasd over de jeugd. Een jongen die bejaarden naaide door hun bankrekening leeg te laten vissen is opgepakt. Hij is negentien en had een doorgeladen wapen bij zich. Hoe kom je op je negentiende aan een revolver of kalasjnikov? Marktplaats? Catawiki?

Ondertussen zag ik Eva Jinek deze week in topvorm. Zij ondervroeg Thierry over een meneer op zijn kandidatenlijst. Die had de Holocaust niet zozeer ontkend, maar wel gerelativeerd. En we weten allemaal: die Holocaust die relativeer je niet! De Forumblaag probeerde zich eruit te stotteren. Maar het is voorbij met Baudet. Het lukt niet meer. Herhaling van zetten. Uitgebluste ogen. Hij had ook nog heel trots twee meisjes bij zich. Een blonde en een dokter. Vooral die blonde had een mediacursus gedaan en gaf geoliede antwoorden. Maar niet op de gestelde vragen. De dokter wist veel van corona. Volgens Thierry dan. Haar antwoorden verraadden dat niet. Wat ik dacht? Als dit maar nooit mijn huisarts wordt.

Terwijl ik die wel nodig heb. Ik moet praten omdat ik werkloos ben. De theaters zijn dicht. Ik snap dat. De druk op de Zorg is namelijk te groot. Maar ik wil werken. ‘Bel Ikea,’ zegt mijn vrouw, ‘daar zoeken ze mensen.’ Ik lach mijn vrouw uit. Ikea is dicht.

‘Als je niet met dertig mensen in een theater van 900 man mag zitten en ook niet met een handvol zachtaardige boekenliefhebbers door een bibliotheek mag stiefelen, dan is de Ikea zeker dicht!’ roep ik zelfverzekerd. Zij vraagt welke kranten ik lees en wil wedden om een stapelbed dat de Zweedse woongigant gewoon open is. Ze heeft gelijk. Ik word gek. Waanzinnig zelfs. Ik vraag me af wat ik moet doen. Voor CNN gaan hangen? Mabel feliciteren met het feit dat haar vermogen met 93% gestegen is? Ze is nu goed voor 560 miljoen. Volgens haar zwager Willy zijn dat 280 speedboten. Tegen een vriend heeft de koning laatst gezegd: ‘Dat er komieken zijn die zich daar druk over maken? Over een lullig bootje van twee miljoen. Pauper! Vroeger werd dit soort gewoon onthoofd!’ Daarna vertrok hij naar de Veluwe om de laatste hazen te schieten. Dit jaar kan het nog. Volgend seizoen zijn ze op.

Ik vind het vol. Vol en veel. Amerika, de dreigende oorlog daar, de onthoofdende radicalen hier, de vrijheid van meningsuiting, de eeltloze zielen van de gelovigen, de werkloosheid van iedereen inclusief mijzelf. Ik wil weg! Maar waarheen? Is er een piloot die mij tegen een redelijk bedrag naar een onbewoond eiland zonder virus kan brengen? Of zijn de piloten inmiddels ook alweer onder de pannen? Moest zo lachen om het woord 'loonoffer' dat de KLM-piloten gebracht zouden hebben. Ik zie ze bij de voedselbank van Aerdenhout en Blaricum staan.

Heeft u ook foie gras? Is de kaviaar alweer op? Mijn hoofd een flipperkast! Leve de president!

Oelikoeli

Op de een of andere manier had ik deze week te doen met Arie Slob, de tragische zwartkous van het kabinet. Hij riep dat middelbare scholen homoseksualiteit best mogen afkeuren en moest dit binnen vierentwintig uur herroepen. Van wie? Ik denk van de rest van het kabinet. Of misschien heeft mevrouw Slob zijn horloge even gelijkgezet. Of de kleine Slobjes hebben hem uitgelegd dat het inmiddels 2020 is. God zelf kan het ook nog geweest zijn. Dat die hem wakker heeft geschud. Maar hij kwam er dus op terug. Het lag toch anders. Ouders hoeven voortaan geen rare verklaringen meer te tekenen.

Maar vindt Arie dat ook? Of heeft hij met God een heel ander regeerakkoord? Heeft hij inmiddels op zijn blote bibberknietjes zijn excuses aan de Allerhoogste aangeboden? Het lijkt me voor Arie ingewikkeld, maar voor God zelf ook. Dat komt omdat hij niet echt bestaat en iedereen hem op zijn of haar manier invult. Op Urk heb je meer dan twintig kerken en in alle gebouwen wordt de bijbel anders uitgelegd. Van de ene dominee mag je wel televisiekijken en niet de zee leeg pulsen, terwijl de derde vooral vaccineren weer een belangrijk dingetje vindt. Sommige gelovigen vinden dat God bepaalt of je hinkel-pinkel-polio krijgt, terwijl anderen zeker weten dat de schepper ons juist een vaccin tegen deze vreselijke ziekte geschonken heeft. Uit liefde. Om de rolstoel en krukken te voorkomen. Om gelukkig te leven.

Bij de moslims is het nog ingewikkelder. Daar moet van sommigen een kop, die gelachen heeft om een cartoon over de profeet, meedogenloos rollen. Terwijl de meerderheid stukken minder streng is. Je mag van hen niet lachen, maar wel blijven leven. Dat is aardig van ze. Zeer vriendelijk als je niet vermoord wordt omdat je niet gelooft wat zij geloven.

Soms is god ook liefde. Dat dacht ik toen ik eergisteren las over de Amerikaanse kardinaal Theodore McCarrick, die zijn leven lang kleine jongetjes zijn nest in trok en jodelend misbruikte. De jongste was elf. Stiekem? Nee hoor. Iedereen wist het. Tot paus Johannes-Paulus II aan toe. Waarom 'uncle Ted' dit allemaal mocht? Hij bracht als fondsenwerver miljoenen dollars het Vaticaan binnen en dan is men wat minder kritisch. Inmiddels is de roomse viespeuk negentig en kan hij zich niks meer herinneren. Alzheimer kan een zegen zijn. Is die ziekte ook door god geschonken?

Het voordeel voor de roomse zwartrokken is dat ze

alles mogen biechten. Vaak bij een collega die eveneens met het celibaat worstelt en ook graag wat misdienaartjes in de houdgreep neemt. Nog tips collega?

Geen idee of god bestaat, maar mijn verbazing gaat niet zozeer over zijn of haar bestaan. Meer over de gelovigen. Zij maken er een puinhoop van en bepalen wetten waar anderen zich maar aan te houden hebben.

Dit weekend richt ik mijn eigen kerk op. Mijn kerk gelooft in mijn god Oelikoeli. In een eerder theaterprogramma heb ik over hem verteld. De essentie hiervan staat op YouTube. Tik *Oelikoeli* in en je wordt in een paar minuten bijgepraat. Oelikoeli is al heel lang mijn god. Waarom ik er nu pas een officiële kerk van maak? Om de oudejaarsconference te redden. Vanaf het moment dat ik namelijk een kerk ben mag ik meer dan dertig gelovigen ontvangen en is mijn oudejaarsavond gered. Want een beetje lol trappen met dertig lukt echt niet. Vandaar.

Welk kerkgebouw ik op oudejaarsavond voor de heilige dienst huur weet ik nog niet, maar het zou zomaar Koninklijk Theater Carré kunnen zijn. En omdat dat theater koninklijk is kan ik meteen nog even aandacht besteden aan het ordinaire speedbootje van twee miljoen euro dat onze koning in zijn Griekse haventje heeft liggen. Hij mag daar zelf met kerst niet heen van Rutte, maar dan help ik hem aan zijn kostbare jongensspeeltje herinneren. Vindt hij ongetwijfeld leuk.

En vanaf 1 januari is de kerk weer opgeheven. Want mijn credo is: geloof wat je geloven wilt, maar val er een ander niet mee lastig!

Haarverftranen

Het zoute zweet van Rudy Giuliani. Sommige mensen gaan tijdens hun leven schitterend ten onder. Stond hij twee weken geleden nog namens de slechte verliezer Donald Trump radeloos te bazelen op een tochtig parkeerterrein van een droef tuincentrum, nu liepen de goedkope haarverftranen langs zijn jokkende wangen. En dit onthutsende plaatje staat niet op een intieme familie-app, maar gaat wereldwijd *viral.* Zowel in het kleinste tropische hutje als in de koudste iglo wordt de voormalige burgemeester van New York meedogenloos uitgelachen. Ooit was hij een held en werd hij door het weekblad *Time* gekozen tot *person of the year!* Dat was na zijn standvastige optreden rond de aanslagen van 11 september. Negentien jaar geleden dus. Het kan raar lopen in een mensenleven. Maar had hij maar geen advocaat moeten worden. Dat is nou eenmaal een vak waarin je regelmatig tegen beter weten in keihard moet jokkebrokken. De heer Roethof weet daar volgens mij alles van.

Nee, dan de paus. Die heeft deze week op zijn ouwe dag op Instagram een pikant plaatje van de appetijtelijke Natalia Garibotto geliket. Of de paus zelf met zijn muis heeft zitten spelen wordt nog onderzocht. Het kan namelijk ook een van zijn celibataire assistenten zijn geweest. Maar het is zo menselijk. Die arme man, die zijn seksleven ooit officieel aan god heeft opgeofferd, gun ik zijn virtuele verzetje zo. Zelf schreef de 27-jarige Braziliaanse Natalia trots: 'Mijn moeder haat misschien de foto's van mijn kont, de paus klikt er wel op'. Ik hoop dat haar lieve moeder rooms en blij is met het feit dat de Heilige Vader de billen van haar dochter heeft bewonderd. Hij is tenslotte de plaatsvervanger van Christus op aarde. Dus dichter bij de hemel kan Natalia voorlopig niet komen. De paus trouwens ook niet.

En dan nu de derde bejaarde. Donderdag zag ik een glimp van de inmiddels 88-jarige Gorbatsjov, die ik alleen nog herkende aan zijn wijnvlek. Ooit was dat een afbeelding van een sappige Grand Cru, maar de plek is inmiddels verworden tot een roestige huidziekte op een drie keer groter geworden plofkop. Daar zat de man die in de kracht van zijn leven de eerste spijlen van het IJzeren Gordijn sloopte en meewerkte aan de val van de Berlijnse Muur. Aangetast door liters wodka zucht hij zich in een Russisch ziekenhuis richting zijn laatste adem. Geen vaccin kan hem helpen. Corona lijkt me eerder een verlossing voor een groot politicus. God moet mild voor hem zijn!

Gaat het met iedereen zo? Is het troosteloze einde ieders toekomst? Deze week zag ik Obama gewiekst en behendig zijn boekje presenteren. Geen sprankje scherpte verloren. En ik hoorde dat de Franse president Macron boos naar een paar kranten heeft gebeld omdat hij het met bepaalde stukjes over de aanslagen in zijn land niet eens was. Interessante actie. Scherp, dacht ik toen ik het hoorde. Hier hou ik van. De artikelen zijn inmiddels verwijderd. Dat vind ik weer minder.

Stel dat onze koning persoonlijk de NRC belt omdat hij al heel lang door een kleine columnist belachelijk wordt gemaakt. Hij heeft namelijk een speedbootje van twee miljoen euro gekocht op het moment dat zijn volk door een pandemie op het randje van een collectief faillissement balanceerde. En daar lacht de komiek hem al een tijdje keihard om uit. Zal de krant dan de gewraakte columns verwijderen? Ik mag toch hopen van niet. Ik kom dan trouwens niet met een haarverf zwetende bejaarde advocaat om mijn grote gelijk af te dwingen, maar hou het gewoon gezellig voor gezien. Dan ga ik de rest van mijn leven op Braziliaanse bikinimodellen klikken. Of ik koop zelf een racebootje en ga de hele dag zinloze rondjes draaien op die Natuurplas Over de Maas. Dat is dat watertje waar die corrupte Halbe Zijlstra zijn giftige granuliet gestort heeft. Als ik daarin verzuip kan ik meteen geresomeerd worden. Dat is die methode waardoor alleen je botten overblijven. Die laat ik verpulveren en stuur ik in poederbrieven de wereld rond. Het leven is eigenlijk zo simpel en vrolijk tegelijk.

Flippen in Tiel

Sorry, maar ik moest keihard lachen toen ik hoorde dat de top van het Forum voor Democratie naar hotel Van der Valk in Tiel was afgereisd om daar de crisis in de partij te bezweren. Waarom dit leuk is? Omdat dat hotel beroemd werd toen er in 2002 een parkeerdek instortte. Het bleek te goedkoop gebouwd. De top was te zwaar en toen zeeg de boel kansloos ineen. Misschien was het wel door dezelfde aannemer gebouwd als die van het stadion van AZ. Sommige gebouwen kan je als politieke partij beter mijden. Zeker als je in de problemen zit. Te symbolisch.

Het is hommeles op rechts. De sloten van het clubhuis van Thierry zijn vervangen en de grote roerganger kan er niet meer in. Wie de sleutels wel heeft is ook niet geheel duidelijk en of diegene recht heeft op die sleutels is ook nog maar de vraag. Ik schrijf dit stukje op vrijdag, maar het kan best zijn dat er op het moment dat u dit leest alweer nieuwe sloten in de voordeur zitten. Of dat alle ruiten eruit liggen. Misschien is het wel afgefikt door een superknaller uit Arnhem of Roosendaal. Mij verbaast niets meer.

Ook niet dat de grote roerganger zich weigert te distantiëren van allerhande enge antisemitische appjes uit de kleuterklas van zijn partij. Nee hoor. Ik vrees dat iedereen nu pas ziet wie de ware Thierry is. Ik wist dat vanaf de eerste seconde. Maar bij anderen duurt dat even. De rattenvanger heeft het domme deel van het land eventjes mogen betoveren en daarna heeft hij het voor zichzelf en zijn partij glorieus verpest. Meneer doolt rond in graancirkels.

Het begon al meteen na zijn eclatante overwinning met dat veel te lange boreale gebazel over die geschifte uil van Minerva. Toen wist ik zeker dat hij op dat moment meer in zijn neus had gestopt dan Maradona ooit gelukt is. Een ingewijde vertelde mij onlangs dat dat gymnasiale amateurgeleuter van die avond vooral in elkaar was geflanst door Thierry zijn vriendje Freek Jansen. Die droeg toen al bruine hemden. Freek is die jongen die hij deze week innig omhelsde. Een risico in deze coronatijd? Nee hoor, die jongens hebben elkaar al jaren geleden besmet.

En nu? De partij is ontploft. Thierry gaat voor een paar schamele zeteltjes verder met een zootje engnekken. Hoeveel? Na de 71 miljoen stemmers op Trump durf ik hierover geen voorspelling te doen. Of Thierry onder de vlag van het Forum verdergaat? Geen idee. Misschien zoekt ie een nieuwe naam voor zijn clubje.

Partij voor de Dieren? En dan Buba de circusolifant als logo. Hoewel? Die mag in Nederland blijven. Dat vindt partijideoloog Freek vast niet goed.

Zelf lijkt het mij het beste als we Thierry naar Elba verbannen. En daarna naar Sint Helena. Uit voorzorg. We vragen onze koning om hem persoonlijk weg te brengen. Heeft zijn speedbootje van twee miljoen euro toch nog nut. Landsbelang. Zodat we een leuk en tolerant land voor iedereen blijven!

En de andere voormalige partijprominenten? Die likken hun stinkende wonden op de smeulende puinhopen. Rest een belangrijke vraag: Wie wil Joost Eerdmans met de kerst? Ik niet.

Maar we laten de splinterpartijtjes lekker splinteren en we gaan gauw naar het echte verdriet. De dood van Diego, de voetballer die zoveel mensen zo verschrikkelijk gelukkig heeft gemaakt. En jarenlang. Zijn dribbels, zijn acties, zijn doelpunten, zijn leven. Hij heeft helemaal in zijn uppie Napels opgetild en Argentinië wereldkampioen gemaakt. En er is van alles misgegaan in zijn voor normale mensen onleefbare bestaan, maar wat een held. Dood op zijn zestigste? Nee, op zijn driehonderdste. De wereld huilt om hem. En wie niet van voetbal houdt snapt dat niet. Maar het verdriet is immens. Zeker als je ook nog uit Napels of Argentinië komt. Daar wilden ze zelfs met zijn lijk op de foto. Ik condoleer dan ook Máxima. Zonder enige scepsis. Maar echt uit de grond van mijn gerepareerde hart.

Huisjesmelkersbelasting

Dus vanavond viert Thierry met zijn familie Sinterklaas en ik hoop voor hem dat ze een beetje mild dichten. Dus niet: *dat niemand meer op Thierry stemde/ komt door wat bruine puberhemden!* En ook niet: *door de grillen van Freek Jansen/ vergooide Thierry al zijn kansen.* Of: *wat valt er nog te halen/ met een handvol borealen?* Laat staan: *door wat extreemrechts te appen/ staat zijn uiltje nu op knappen.* Maar ik vrees dat hij die laatste rijmregel niet grappig vindt. Omdat het in zijn ogen gewoon niet rijmt. Te modern. En daar houdt hij niet van. Poëzie moet van oude geveltjes gemaakt zijn. Niet van moderne wolkenkrabbers. Daarom heeft hij ooit de actiegroep *Rem Koolhaas* opgericht.

Maar viert Thierry wel Sinterklaas? Of slaat hij het een jaartje over? Misschien blijft hij braaf binnen met zijn lieve vriendinnetje over wie hij vol vertedering vertelde dat zij nog steeds in hem gelooft. Als enige in zijn omgeving. Dat ontroerde mij echt. De tranen sprongen in mijn ogen. Daarbij: hij blijft de leider van zijn rechtse splintertje. Zijn leden hebben gesproken. Daar hoeft hij zich dus geen zorgen meer over te maken. En als hij als grote leider wel weggestemd was? Dan was hij vast over stemfraude begonnen en had hij ongetwijfeld een hertelling aangevraagd. En daarna nog een hertelling. En dan nog een.

Wat is politiek toch leuk. Vooral als het misgaat. Wat dat betreft werd ik deze week vrolijk van die Hongaarse Europarlementariër József Szájer, die zich als goede vriend van zijn gezellige premier Viktor Orbán ooit druk maakte over gelijke rechten voor lhbti'ers. Ook heeft hij fanatiek meegewerkt aan de Hongaarse grondwet die het huwelijk tussen man en vrouw heilig verklaart. Vorig weekend bungelde hij aan een regenpijp van een Brussels pandje. Waarom? Omdat hij overhaast weggevlucht was van een homoseksfeest waar de politie was binnengevallen. Niet omdat hij net als de andere gasten alleen zijn bril nog droeg en verder niets, maar omdat ze met zijn twintigen waren en tijdens de huidige pandemie iets te dicht op elkaar stonden. De Belgische agent zei: 'Het is hier geen kerk!' en begon met het schrijven van bonnen. Anderhalve meter lijkt me trouwens knap ingewikkeld op dit soort partijtjes, maar dit terzijde.

József is trouwens onmiddellijk afgetreden. Onze minister Wiebes vond dat echt belachelijk. Of zoals hij mij letterlijk toevertrouwde: 'Aftreden dat doe je gewoon niet als politicus! Een beetje sorry mompelen is meer dan genoeg.' Grapperhaus was het daar volkomen mee eens. Bij hem was ik langs om te vragen of ik op oudejaarsavond een Ikeaatje mag doen. Dus of ik iets meer dan dertig gasten in mijn theater mag ontvangen. Hij verwees me door naar Femke Halsema. Volgens Ferd wil die nog wel eens een oogje dichtknijpen.

Ondanks alles ben ik vrolijk. Ook om pandjesprins Bernhard die boos is omdat de PvdA een huisjesmelkersbelasting naar hem wil vernoemen. Hij heeft zijn neef Willem-Alexander gebeld om zich hierover te beklagen. Maar de koning had geen idee waar hij het over had. Of zoals hij letterlijk zei: 'Belasting? Belasting? Is dat niet iets voor paupers? Als ik daaraan had meegedaan dan had ik nooit een speedbootje van twee miljoen euro kunnen kopen!' Daarna hing hij grinnikend op en vertrok naar het Rensenpark in Emmen waar toezichthouder Mohammed rondloopt. Mohammed is een collega van Willy. Daarom wil hij hem spreken. Mohammed is namelijk koning van het West-Afrikaanse staatje Benin en hij moet die door god gegeven functie na de dood van zijn oom gaan vervullen. Maar hij heeft geen zin in dat baantje. Hij is liever toezichthouder in Drenthe. Dat zijn de verhalen waar ik van hou. En Willy dus ook. Iets meer humor is dan ook het advies van Willy aan zijn geïrriteerde huisjesmelkersneef. Het leven is eenmalig en zinloos tegelijk.

Beste grap van deze week? Jort Kelder die vindt dat Ab Osterhaus te veel aan talkshowtafels zit. Ik herhaal: Jort Kelder vindt dat Ab Osterhaus te veel aan talkshowtafels zit.

Antwoordgesprek

De meest aandoenlijke reclame van dit moment? De oude rocker Thomas Acda die een snuif coke over zijn bejaarde moeder blaast waardoor het oudje opveert als de schoonmoeder van Ferdinand Grapperhaus tijdens een huwelijksceremonie en hem innig begint te knuffelen. Even later zit ze met haar beroemde zoon aan een karig kerstdiner. Alles op die tafel komt van de Lidl. Bruce Springsteen zie ik dit soort schnabbels niet doen. En Bob Dylan helemaal niet. Maar die heeft het niet meer echt nodig nu hij de rechten van zijn liedjes verkocht heeft voor een kwart miljard. Dat zijn heel veel speedbootjes van twee miljoen.

Ik zag het reclamespotje tijdens het antwoordgesprek van Linda de Mol met onze zo gewoon gebleven premier Mark Rutte, die daar als lijsttrekker zat. De verkiezingen komen eraan. Wat een antwoordgesprek is? Dat is een vraaggesprek waarin de interviewer louter vragen stelt waar iedereen het antwoord al op weet. Niet alleen de ondervraagde, maar ook de kijker weet exact wat er gezegd gaat worden. Dus je vraagt aan Mark of hij wel eens kookt, of hij een lief heeft en hoeveel auto's hij bezit. Op alles reageert hij adequaat en spontaan. En om de twee zinnen was er een reclameblok van zeventien minuten. Met daarin de oude rocker en zijn eenzame moeder, maar ook andere romantische, niet te harden glijpartijen met veel eenzaamheid en kerstbomen.

Dat vraaggesprek met Linda werd opgenomen in een met gesponsorde rommel volgestouwde studio. Iets dat mij oprecht verbaasde. Om het uur lees ik dat de familie De Mol miljardair is. John had Dylan kunnen kopen. Dan hoef je de inhoud van je tuin toch niet bij elkaar te bedelen? Maar ik snap het: anders word je ook nooit rijk.

Mark zat er monter bij. Geen seconde dacht ik: die heeft het zwaar. Terwijl lijsttrekker en minister best een ingewikkelde combinatie is. Hugo de Jonge trok het niet. Maar Mark heeft niet allerlei met cirkelzagen gewapende partijgenoten om zich heen staan. Dat had Hugo wel. Van die lafbekken die anoniem commentaar geven in de pers en je laten voelen dat je wat hen betreft op kan zouten. Kortom: een verstandige stap van Hugo. Hij heeft belangrijker zaken aan zijn zonnebankhoofd. Zoals? Hoe houden we de Ikea open?

Wanneer zal hij bedacht hebben dat hij dat ondankbare lijsttrekkersklusje uiteindelijk toch maar niet ging doen? Toen Wopke hem weigerde te steunen?

Toen hij wist dat er iets niet klopte met die laatste Wit-Russische verkiezingsronde? Dat was die vlekkeloze ronde waarna de vrouw van Pieter Omtzigt bedankt werd voor haar stem op Hugo. Of besliste De Jonge toen hij deze week collega Jesse Klaver een treurig puberdansje op *TikTok* zag doen. Dat hij dacht: dit soort vernederingen laat ik aan mij voorbijgaan. Voor je het weet loop je in een eikeltjespyjama in een of andere bejaardenpolonaise. Zaterdag zou het CDA-congres zijn, dus donderdag moest hij de handdoek in de ring gooien. Hij heeft gelijk.

Ik heb wel zin in de komende verkiezingen. Vooral in de tragische strapatsen van de lijsttrekkers. Sigrid Kaag beet deze week het spits af. Zij vertelde dat ze in haar moeilijke jeugd voor de worgende keuze stond of ze in Oxford, Cambridge of Exeter moest gaan studeren. Keuzestress. Ik wist niet dat je het zo zwaar kan hebben. Het werd uiteindelijk Oxford. Pak van mijn hart. En verder heeft ze zorgen om een *#MeTootje* binnen haar partij. Een hitsige meneer die nog vrolijk ronddartelde. Hij zou iets in het partijkantoor geflikt hebben. Ik dacht altijd dat D66 daar in Scheveningen een speciaal flatje voor had.

Ik heb niks met politiek, maar mag er zo graag over lezen. Zoals over het laatste etentje van Thierry en kornuiten waar Joost Eerdmans het verkeerde muziekje opzette. Thierry ontplofte als een overspannen junk en nu begint Joost aan zijn achtste politieke partij. Die volgens ingewijden Een Nieuw Geluid als werktitel heeft. Ik vrees alleen één ding: dat het geluid niet zo nieuw is. Angstaanjagend oud zelfs.

Skiën zonder sneeuw

In mijn favoriete televisieprogramma *Blauw Bloed* zat een schitterende scène van onze koningin, die voor haar werk mee moest doen aan een slaperige zoomsessie van een of ander damesclubje met de lachwekkende naam Fempower your growth. Op een gegeven moment riep een van de vrouwen op doorgewinterde Minerva-toon: 'Is dit het kutbeeld?' Hierop begon een andere dame zenuwachtig haar excuses aan te bieden. Ze liet weten dat ze door het onschuldige regeltje van haar à propos was. Heerlijke tekst. Maxima keek vooral geamuseerd en gespeeld verbaasd. Zij is een briljant actrice, maar dat heeft ze op dat spijtbankje naast Willem-Alexander al bewezen. Als dat geen Gouden Kalf wordt!

Geen idee of de businessdames erg met het inmiddels wijdverbreide filmpje in hun maag zitten, maar ik kan ze geruststellen: Max is wel wat gewend. Ze heeft drie dochters op gewone Haagse scholen en in hun puberconversaties komen ongetwijfeld wel eens geslachtsdelen of ongeneeslijke ziektes voorbij. Daarbij heeft ze een man die onlangs met een speedbootje van twee miljoen euro thuiskwam. Plus dat hij er daarna nog eens een onhandige herfstvakantie doorheen probeerde te drammen. Ik denk dat er in beide gevallen steviger woorden zijn gevallen. Kortom: onze Max is een vrouw van de wereld die wel wat kan hebben.

Daarbij vrees ik dat er aanstaande maandag steviger woorden zullen vallen. Dan brengt onze goedlachse teflonpremier namelijk zijn wekelijkse bezoekje aan de koning en ik denk dat de vorst hem andere vragen zal stellen dan Linda de Mol. Waarschijnlijk moet Mark in het bijzijn van de koning persoonlijk met Booking.com bellen om hun te zeggen dat de beloofde staatssteun even op zich laat wachten. En daarna is de KLM aan de beurt. Domweg omdat hij eerst heel veel roofgeld moet terugstorten aan 22.000 doodarme mensen die ernaar snakken. De op alle fronten gemolesteerde landgenoten, die volkomen onterecht aangeduid werden als fraudeurs.

Ik denk dat Alex sowieso wat lastige vragen over deze kwestie heeft. Vragen die Lodewijk Asscher niet gaat stellen. En Eric Wiebes zeker niet. De koning wil ook weten waarom wij als laatste van Europa gaan vaccineren? En of het waar is dat de baas van prullenpaleis Action met Mona Keijzer heeft gebeld om te vragen of hij tijdens de lockdown open mocht blijven? En dat zij inderdaad toestemming gaf. Dit onder het motto: Zo doen we het altijd in Volendam. En zal de koning ook willen weten wanneer de altijd eerlijke Mark demissionair wordt? Of is dat te veel gevraagd?

Ik heb zelf ook de vraag gesteld of ik open mocht blijven. Voor de oudejaarsconference heb ik publiek nodig en ik had natuurlijk ook die oliedomme Mona Keijzer moeten bellen. In plaats van mijn brave briefje aan de immer principiële burgemeester Femke. Begreep ook dat sommige mensen mijn vraag aan haar vooral arrogant vonden. Ik stelde hem echter niet afgelopen week, maar in de tijd van uitpuilende Ikea's, overlopende Koopgoten, verstopte Kalverstraten en loeidrukke tuincentra. Mij leek 200 mensen in een zaal met 1700 stoelen niet zo'n probleem. In het licht van al die rookworstenverkopers die wel mochten. En ik vroeg het niet voor de tournee, maar voor die twee avonden. Je kunt niet skiën zonder sneeuw. De bedoeling is dat er op de laatste dag van het jaar heel veel mensen naar me kijken. En dan wil je een beetje goed voor de dag komen. Vandaar de vraag.

Inmiddels is het afgewezen en ik snap het als geen ander. Zeker nu de rest ook dicht moet. Wat ik ga doen? Eerst in de rij staan bij de essentiële Gall & Gall om mijn dorst te lessen. Daarna in de rij bij de essentiële coffeeshop voor wat vrolijk makende pretsigaretjes. En dan ga ik verder denken. Misschien zoomen met wat baldadige zakendames van de Zuidas. Of een uitzending opnemen in de partybus van Vindicat. Of gewoon een hele avond wildplassen in het carnavalspak van Marco Kroon. Overal goed tegenaan zeiken. Na de gênante afgelopen week kijkt niemand ergens meer van op. Ik treed in elk geval niet af.

Spijtbootje

Als ik druk ben en weinig tijd heb voor mijn fantasie dan droom ik altijd wat heftiger. En vreemder. Zo was ik afgelopen nacht bij Gezina in het Groningse Loppersum om daar een kerstdiner te nuttigen. Wie Gezina is? Geen idee. Ik was met Eric Wiebes en Lodewijk Asscher op verkiezingstournee. Een zogenaamd goedmaakreisje. De heren hadden aan Gezina het een en ander uit te leggen. Ze wachtten op een cameraploeg die hun charmeoffensief zou vastleggen. Gezina is een door de Belastingdienst opgejaagde 'fraudeur' die werkelijk alles heeft verloren. Tienduizenden euro's, haar huwelijk, haar inboedel, haar auto en haar opgeruimde karakter.

'Schuldloos gescheiden,' murmelde Lodewijk iets te hard tegen Eric. Waarop de gastvrouw zei dat ze meer dan 90.000 euro niet schuldloos wilde noemen. Dat ze als Groningse van het gas was afgesloten vond ze trouwens de gotspe van de eeuw!

'Ik sta rooier bij de bank dan jouw PvdA ooit geweest is,' zei ze tegen Lodewijk. Die kon daar niet om lachen.

Er woei een gemene wind door het scheefgezakte huisje. Grote scheuren en kieren in de muren had ze behendig dichtgestopt met honderden blauwe enveloppen.

'Leuker kon ik het niet maken, wel makkelijker!' Eric hoorde het niet. Of hij deed of hij het niet hoorde.

'Volgens Maurice de Hond is dit het best geventileerde huis van Nederland,' probeerde ik de stemming er een beetje in te brengen.

'Hier gaan we op termijn ook iets aan doen,' bromde Eric in het oor van Lodewijk, 'voor 2093 waarschijnlijk al.' Lodewijk keek ongemakkelijk. Als ze in je eigen partij aan je stoelpoten gaan zagen dan is het klaar. Vraag maar aan Thierry. Eric bleef ondertussen minzaam optimistisch kijken. Deze pose is de laatste jaren zijn redding. Gewoon ijzerenheinig doorlullen. Het gerucht gaat dat Grapperhaus bij Eric op aanblijfcursus is geweest. Hij krijgt regelmatig wat nascholing. Dan lallen Ferd en hij samen 'We zullen doorgaan' van Ramses Shaffy. Ze zingen alleen wel een beetje vals. Lodewijk is nu de tekst aan het instuderen.

Opeens kwam Willem-Alexander het huisje binnen. Hij wilde van Wiebes weten wanneer hij de zorgtoeslag voor Amalia kreeg. Komend jaar is ze vierentwintig dagen achttien en over die periode vangt de koninklijke bakvis meer dan een ton. Hij vroeg of hij dat vast in januari kon krijgen. Want dan had hij het in december misschien binnen.

'Dat regelt Rutte,' grinnikten Wiebes en Asscher in koor. Zij weten hoe heerlijk Mark het vindt om wekelijks de paleistuin in te mogen fietsen.

De koning keek mij opeens strak aan. Ik was toch die mislukte komiek die al maanden over zijn speedbootje van twee miljoen euro zat te zeveren? Tot hoe lang ik daar mee doorging?

'Tot kerst!' lachte ik, 'dus na vandaag is het klaar!'

De vorst begon dat het inderdaad niet zo'n slimme aankoop was geweest op het moment dat zijn volk financieel op apegapen lag. Of ik nog wat tips had voor zijn kersttoespraak?

'Woorden als opoffering, saamhorigheid en solidariteit doen het altijd erg goed,' antwoordde ik, 'en tussendoor laten zien dat je met je bootje keihard over een Griekse zee raast met Max joelend en juichend op de waterski's. Dat is pas echt humor!' De koning hoorde het niet. Of hij deed of hij het niet hoorde.

Ik vroeg aan de Groningse of we aan tafel mochten. Dat vond ze een goed idee. De koning excuseerde zich en bedankte mij voor het stoppen met het puberale grapje. Als ik een keer wilde varen? Ik hoefde maar te bellen! Jagen mocht ook.

Gezina trok de door Eric meegenomen wijn open. Een *Chateux Etat Pauvre 2019*. Waarop Eric en Lodewijk vroegen wat er op het menu stond. Ze hadden er zin in! Er werd geproost. Op het vaccin, op de Brexit, op de vrachtwagenfile in Calais, op de onderbroek van Navalny, op de wappies...!

Toen vroeg Lodewijk nogmaals wat we gingen eten. Gezina's antwoord was simpel: 'Niets! Helemaal niets!'

Waarop de cameraploeg onmiddellijk werd afgebeld.

Gouden heterdaadje

Moest u deze week ook zo vaak aan die bijstandscontroleur uit de gemeente Wijdemeren denken? Ik bedoel die mevrouw of meneer die op een avond juichend thuiskwam en zijn of haar partner dolenthousiast vertelde over het heerlijke heterdaadje. Hij had bij een bijstandsmoeder in de keukenkastjes gesnuffeld en tussen alle smeerlapperij van de Lidl, de Dirk en de Aldi een paar blikken uit een heuse Albert Heijn aangetroffen. Dat mocht het bijstandsmoedertje even uitleggen! Een zenuwslopend kruisverhoor volgde en na urenlang aandringen kwam het hoge woord eruit. Uit de dame die we in dit geval gewoon een smerige dievegge mogen noemen. Wat bleek? Haar moeder deed een keer per week boodschappen voor haar armlastige dochter en haalde wel eens iets bij de Appie. Vandaar die peperdure blikken.

Hoe kwam de controleur bij deze vrouw, die toch gewoon een lid van een criminele organisatie is? Hebben oplettende buren naar de gemeente gebeld? Heeft een jaloerse broer of zus aangifte gedaan omdat die moeder voor de andere kinderen nooit boodschappen deed? Is er een boze ex die wraak neemt? Het is zo goed dat die bijstandsmoeder gesnapt is!

Ik las dit allemaal in een krant waarin ook een soort financieel jaaroverzicht stond. Daarin werd nog even opgesomd wat KLM afgelopen jaar aan bijstand heeft gekregen. En het bulkende Booking.com. Daarbij las ik ook nog wat de vroegere CEO van ING zo goed als zeker geweten moet hebben voor hij naar Zwitserland vluchtte. Ondertussen vertelde een rijke vriend dat hij zijn dochter belastingvrij een ton mag schenken omdat ze een huis koopt. En de rijke ouders van haar man lapten hetzelfde bedrag. Dus die kunnen voorlopig gewoon boodschappen doen. En als er weer gereisd mag worden gaan ze lekker skiën. In de zomer gaan ze naar de Franse vakantievilla van papa en mama.

Mijn hoofd was nog steeds bij de succesvolle controleur en zijn brandende geluk dat hij of zij gevoeld moet hebben bij dit gouden heterdaadje. Zal de controleur op de afdeling ook verteld hebben hoe de bijstandsmoeder alles wanhopig heeft opgebiecht? Ik hoop snikkend. De bijstandsmoeder, die we hier in de krant toch gewoon een grijpgrage ladelichter mogen noemen? Het zal haar leren.

Andere vragen: heeft de controleur van de gemeente een mooie bonus gekregen? Een lekkere vette premie van de burgemeester van Wijdemeren omdat hij of zij zo oplettend is geweest? Dat zal toch wel? Het is in deze tijd heel goed om werknemers te stimuleren en extra te belonen. Anders worden ze lui. Zeker ambtenaren. En is deze oplettende sociale rechercheur in het personeelsorgaan van de gemeente op het schild gehesen? Als voorbeeld! Is de controleur geïnterviewd? Heeft deze Sherlock Holmes uit mogen leggen waar en wanneer er onraad werd geroken? Bij welk blikje kaviaar? Hoeveel verse ganzenlever lag er in de koelkast?

We hebben het hier over gericht speurwerk. Een tas met boodschappen is snel uitgepakt en behendig verdeeld over de kasten. Dus we moeten de doortastende controleur diep dankbaar zijn. Dat er zo goed is doorgerechercheerd. Doorvragen! Doorzoeken! De waarheid en niks anders dan de waarheid!

En wat ook zo mooi is: deze bijstandsmoeder is meteen een goed voorbeeld voor al die andere oplichters die wel eens een sjekkie van de buurman draaien. Of een glaasje wijn bij een familielid drinken. Of een middagje de auto van iemand lenen. Want ook die moeten we gaan aangeven! Mijn tip is: hou iedereen vooral in de supermarkt goed in de gaten. Ziet u een bejaarde met een veel te volle kar, vraag het oudje dan op de man af: voor wie is dit allemaal? Zoveel krijgt u niet op in een week. Wie gaat u hiermee steunen? Vindt u drie pakken bastognekoeken ook niet wat veel? Leg aan het oudje uit dat de bijstandsmoeder niet te veel verwend moet worden.

Het nieuwe jaar is begonnen. We houden elkaar in de gaten. Wie eet wat? Wie steunt wie illegaal? Waarom is jouw kar zo vol? 2021! Ik heb er zin in.

Afscheidsdreun

Is Hiddema alweer terug bij Forum? De wispelturige draaideurpoliticus twijfelt wederom. En Thierry staat ondertussen bij de bejaarde Theo op de ramen te bonken of hij alsjeblieft weer met zijn splintertje mee wil doen. Baudet weet ook wel dat de oude advocaat zijn laatste strohalm is. Aan hem heeft hij meer dan aan die rare Lange Frans met zijn wappie-wappie-graancirkelgeneuzel. En zeker meer dan aan die Freek Jansen. Een andere vriend van mij schrijft steevast Janssen in plaats van Jansen. Flauwe humor waar ik persoonlijk dol op ben.

Hoe zal Thierry woensdag naar de bestorming van het Capitool hebben gekeken? Begripvol? Instemmend? Jaloers? En zijn politieke partner Freek? Vond die het wat? Ik ben zo bang dat de fijnzinnige heren allebei heel erg genoten hebben. Gaan zij op zeventien maart aanstaande ook blaten dat ze bestolen zijn? Wat vonden ze van de politiebescherming van het hart van de Amerikaanse democratie? Bij de BLM-demonstratie stond er op bevel van de president een compleet leger klaar om de demonstranten af te schrikken, terwijl er nu slechts één bromsnor op de 'patriotten' stond te wachten om de deur open te houden. En met ze op de foto te gaan.

En nu? Nu moet die arme bibberbejaarde Biden het daar gaan oplossen. Hij zal dat zo beschaafd mogelijk proberen. Dat vrees ik tenminste. Maar of dat lukt? En de patiënt zelf? Donald dus. Ik heb geen idee. Als ik morgen lees dat ie een kogel door zijn geblondeerde kop gejaagd heeft ben ik niet verbaasd. En als hij moet vluchten voor de vele aangiftes die op hem schijnen te wachten, zou het best eens kunnen dat hij asiel aanvraagt bij zijn democratische voorbeeld Kim Jong-un. Maar of hij over vier jaar nog een nieuwe termijn gaat proberen? Ik vrees dat een aanzienlijk deel van zijn vierenzeventig miljoen kiezers afhaakt. Hoewel? Het blijven Amerikanen. Die zijn knetter. En het is politiek. Daar zijn ze allemaal gestoord. Binnenkort gaat bij ons in het parlement Lodewijk Asscher schaamteloos Kamervragen stellen aan Mark Rutte over de schandalige kinderopvangtoeslagaffaire. Ik bedoel maar.

Of ik afgelopen woensdag naar de cowboybeelden heb gekeken? Ademloos zelfs. Zeer geamuseerd en geen seconde verbaasd. Ik was het zo grondig met Maarten van Rossem eens. Vier jaar heeft de liegende psychoot Trump hier systematisch naartoe gewerkt en hij kon bijna niet anders meer dan vechtend ten onder gaan. Hij moest wel. Zijn aanhang bestaat uit diepgelovigen, die meer wapens en bijbels dan hersencellen hebben. Die allemaal zeker weten dat god wit en rechts is en absoluut niet van socialisme houdt. Waar houdt god wel van? Chocoladevla? Griesmeelpudding? Wat vindt god eigenlijk lekker?

Ondertussen ligt de hele wereld blauw van het lachen. Niet alleen om Trump, maar ook om die stormende aanhang in hun carnavalsoutfit. Liep Marco Kroon er eigenlijk tussen in zijn kikkerpak? Die houdt ook wel van een uitje. En onze niet te vermijden 'minister van feest' Johan Vlemmix?

Het worden nog tien bijzondere dagen voordat oom Donald echt weg is. Gaat hij nog wat doen? Hoe verlaat hij uiteindelijk het Witte Huis? Hij zegt dat hij hoffelijk zal vertrekken. Maar wie gelooft hem nog? Gooit hij ruiten in? Sloopt hij alle spiegels in het pand? Laat hij een drol achter in een keukenla? Pist hij in de planten? Hangt hij aan alle muren honderden foto's van zichzelf? Of hangen die er al?

Eerlijk gezegd reken ik nog wel op een smerig stuntje van de oude idioot. Hij zal de deur niet zacht achter zich dichttrekken en de sleutel onder de mat leggen. En op die mat staat ook niet *Welcome Joe!* Wat zal hij doen? De maairobot zo programmeren dat hij heel groot 'Fuck You' in het gazon van de voortuin schrijft? Voor straf Melania achterlaten om mevrouw

Biden jaloers te maken? Of staat er 'Grab 'em by the pussy' boven de echtelijke sponde? Het zou allemaal zomaar kunnen. Net als die atoombom op Iran. Of Mexico.

#MeToepen

Gister zat ik gezellig genderneutraal te patiencen toen mijn quarantainecoach mij belde. Ze had nieuws. Ik legde haar eerst uit hoe blij ik was met mijn nieuwe kaartspel 2.0 waarin geen heren, vrouwen en boeren meer zitten. Ik ben daardoor van een schurend schuldgevoel af omdat ik geen heer meer op een vrouw hoef te leggen. Ik zag dat toch steeds vaker als te rolbevestigend. Pure onderdrukking. En waarom mag een heer eigenlijk nooit gezellig op een boer? Of vrouw zoekt boer! Dat zou het allemaal ook een stuk reëler maken. Het is 2021 dus we zijn toe aan nieuwe regels. Zoals ik ook vind dat het schaakspel gemoderniseerd moet worden. Dat je niet meer wint als de koning mat staat, maar als de koningin geen kant meer op kan.

Mijn coach luisterde geduldig naar mijn flauwe praatjes tot ze me onderbrak met de mededeling dat Rutte onderweg was naar de koning om zijn ontslag in te dienen. Ik vond dat geen nieuws. Het moet andersom. De koning moet zijn ontslag indienen bij Rutte.

Daar mag je me als republikein voor storen. Maar niet voor Mark die naar Willy gaat voor een puur symbolische stap voor de bühne. Wel goed dat ie op de fiets naar het paleis is gegaan. Uit solidariteit met die duizenden gedupeerde ouders, die allemaal balanceren op het randje van een faillissement? Zowel financieel als emotioneel. Wat zal de koning gevraagd hebben? Of zijn eigen toelage geen gevaar loopt? En het zakgeld van zijn oudste dochter? Op beide vragen kon Mark een geruststellend antwoord geven.

Hij zal wel goed naar de vorst gekeken hebben. De man heeft het zwaar. Hij kreeg vorig jaar na een rijtje domme blunders een vette onvoldoende van zijn volk. Hij maakte daar nu zelf een zuur grapje over tegen de premier. 'Het voordeel van een onvoldoende is dat je blijft zitten.' Mark lachte met kiespijn en dacht onderhand aan Wiebes, die als enige van het hele soepie echt vertrok. Hij en Lodewijk waren de echte zondebokken. Mark had een halfuur eerder over Eric gezegd dat hij hem zou missen. Maar dat zei hij bij alle bewindslieden die hun handdoek in de ring gooiden. Dus nu ook bij Eric. Voor Hugo heeft hij ook al iets ingestudeerd.

Wat Wiebes gaat doen? Misschien kan hij bij KPMG solliciteren. Daar zijn net weer wat accountants berispt en geschorst omdat ze een uiterst kwalijke rol bij het failliete Imtech hebben gespeeld. Hoe zit dat bij dat KPMG? Telkens als ik langs hun megalomane hoofdkantoor aan de A9 rijd begint mijn auto spontaan te toeteren. Waarschijnlijk omdat zelfs dat kantoor daar via een smerige fiscale constructie is neergezet. De hele top van deze criminele organisatie is daar toen beter van geworden. Maar het lijkt me een goede club voor Wiebes.

Andere vraag? Wie gaat de PvdA redden na het terechte vertrek van Lodewijk? Ze moeten wel haast maken. Als ze maar niet naar Felix Rottenberg en Hans Spekman gaan luisteren. Die werden deze week door de talkshows uit de mottenballen getoverd en mochten hun belegen zegje doen. Die blik van Felix alsof het land smachtend op zijn woorden zit te wachten. Om over de trui van Hans nog maar te zwijgen. Ik vrees dat ze allebei de komende dagen zenuwachtig naar hun telefoon loeren. Maar bel ze niet.

Ook geen Ploumen en zeker geen Kuiken. Daar trek je geen stemmen mee. Wie dan wel? Arib! Kan, maar die wil niet. Of Aboutaleb. Maar die wil ook niet. Dan blijft er maar één man over en dat is Jeroen Dijsselbloem. Met hem trekt de PvdA sowieso meer dan tien zetels. Misschien wel vijftien. Waarom? Omdat men hem gelooft en hij niet te wollig wauwelt. Neem dat nou maar van mij aan.

Of ik verstand van politiek heb? Niet officieel, maar wel een beetje. Want wie opende zijn oudejaarsconference met het aftreden van het kabinet-Rutte? Precies. En waarom dat niet gebeurde? Die Mark is gewoon een langzame leerling.

Kras!

Deze week reed ik een diepe kras in de zwarte lak van mijn auto. Ik schampte een paaltje. Van bumper tot bumper. Hoe het kwam? Ik moest lachen. Keihard lachen zelfs. En daardoor lette ik niet op en schuurde ik langs het halfhoge onding.

Waarom ik moest lachen? Om een nieuwslezer die over een totaal mislukt Haags banenproject sprak. Het doel was om in twee jaar tijd meer dan 500 kwetsbare jongeren op te leiden voor een betaalde baan. Het middeleeuwse principe van meester en gezel. De nieuwslezer vertelde dat dat baantje bij zeventien jongeren gelukt was en dat het geld nu op is. Hoeveel er doorheen gejast is? Om precies te zijn 1,3 miljoen euro. Waaraan? Aan te hoge salarissen en te vette vergoedingen. Er was ook veel uitgegeven aan de hoge huur en de inrichtingskosten. O ja, ze waren ook een beetje laks geweest bij het binnenhengelen van een Europese subsidie. De huur is inmiddels opgezegd en ik vrees dat de inboedel verdeeld is tussen de medewerkers en het bestuur. Vooral die ongetwijfeld veelgebruikte, lekker lange vergadertafel. En de luie stoelen natuurlijk.

En daar word ik dus vrolijk van. Vooral omdat het zo'n voorspelbaar nieuwsbericht is. Wie zullen die bestuurders zijn geweest? Afgedankte politici? Naar baantjes smachtende vriendjes van gemeentebobo's? Hoe jaag je er 1,3 miljoen doorheen terwijl je zeventien kinderen aan een baantje helpt? Kwetsbare kinderen!

Het was een flinke kras in mijn auto, maar ik vind dat niet zo erg. Krassen in auto's horen bij het leven. Net als gehavende zielen, gekneusde geesten, geamputeerde benen en mislukte knikkerspelletjes van John de Mol. En ik had weer even gelachen. Ouderwets lol gehad om de verschrikkelijke voorspelbaarheid van de ambtelijke wereld. Geen van de bestuurders hoeft uiteraard een cent terug te betalen en niet één kwetsbaar kind krijgt ook maar een sprankje excuses van zo'n type, die inmiddels alweer op zoek is naar een volgend goedbetaald baantje zonder eigen risico. Er zijn tienduizenden van dit soort mannen en vrouwen met dit soort baantjes. Ik mag daar zo graag keihard om lachen. Zij doen het namelijk niet.

Ik had sowieso een leuke week. Dat kwam door de autocue van Joe Biden die groter was dan het Capitool. En door de krokodillentranen van Eric Wiebes natuurlijk. Plus het karikaturale beeld van de oude meneer Trump en zijn te jonge Melania bij die helikopter. En ik was vrolijk door Mark Rutte die bij het paleis van de koning zijn verkiezingsfiets op slot zette. Volkomen terecht trouwens.

Mark had ronduit een kleerscheurenweek en kwam niet geheel ongeschonden uit de rustig uitgesproken woede van Omtzigt en Leijten. Ik zag builen, schrammen en een uiterst onzekere blik bij onze premier.

Pieter en Renske lieten deze week de rest van de Kamer en de parlementaire pers kilometers achter zich. Heel even leken we op een echte democratie, maar gelukkig herstelde Rob Jetten de oude verhoudingen door richting de regering ouderwets te draaikonten en akkoord te gaan met het avondklokje van gehoorzaamheid. Geen Navalny.

Over het feit dat oma Broekers-Knol geen Syrisch vluchtelingenkind heeft kunnen vinden, dat aan de Nederlandse criteria voldoet, heeft niemand het meer gehad. Wat die criteria zijn? Ze moeten een Playstation hebben, lid van een hockeyclub zijn en goed kunnen skiën. Anders krijgen ze aanpassingsproblemen. Misschien moeten die Hagenezen van dat eerdergenoemde werkloze jongerenproject er eens naar kijken. Die hebben ervaring met kwetsbare kinderen.

Midden in Amsterdam keek ik geamuseerd naar de diepe kras op mijn auto en hoorde een zootje studenten keihard lachen om mijn bejaarde rijgedrag. Mijn buurman troostte mij met de mededeling dat de verzekering alles betaalt. Ik zei dat ik me niet schuldig voelde, maar wel verantwoordelijk. Ik mokte als een echte Nederlander over mijn eigen risico. Toen voelde de buurman met zijn vingers over de schade en zei: 'Niks aan de hand. Even langs de Belastingdienst. Daar hebben ze een dikke stift en vegen ze die streep zo van je auto. Zwart uiteraard.'

Hugo te Groot

Zondagavond laat feliciteerde ik mijn Brabantse PSV-vriend met het feit dat Eindhoven qua rellen vet gewonnen had van Amsterdam. Gisteren belde hij mij over die arme Hugo de Jonge, die zo bleek ziet omdat de zonnebanken dicht zijn. En dat hij het maar moedig volhoudt op die aanstellerige schoenen.

Er is ondertussen op zijn ministerie een serieuze aanvraag binnengekomen. Of de relschoppers collectief gevaccineerd kunnen worden omdat ze bij de demonstraties te dicht op elkaar staan? Het besmettingsgevaar in de binnensteden is dan namelijk te groot. Het verzoek schijnt een grapje van een clubje scholieren te zijn. Scholieren die zich doodvervelen en uit balorigheid de minister gaan pesten. Hugo kan er niet om lachen. Niet alleen omdat hij een Hervormde Zeeuw is. Maar gewoon omdat hij murw is. Hij hangt al een week verslagen in de touwen. Zeker toen AstraZeneca belde dat ze vaccins aan de Britten verpatst hadden. Het huilen staat hem nader dan het zingen.

Dat heeft hij ook ooit nog gedaan. Gezongen bij Jaïr. Op de televisie.

Een vroegere studievriend belt hem. Zijn eenennegentigjarige moeder heeft van haar huisarts een brief gekregen waarin staat dat de dokter een brief van de GGD heeft ontvangen met de vraag of hij aan de oude moeder wil vragen of ze de GGD wil bellen. Die gaan haar namelijk prikken op een regionaal vaccinatieverzamelpunt. De GGD komt ook prikken in het bejaardenhuis van het oudje, maar zijn moeder is volgens de GGD nog mobiel genoeg om zelf naar *Prikpoint Charlie* af te reizen. Dus de GGD slaat haar en nog wat dames over. Dat is efficiënter. Hugo luistert naar de vriend en vraagt hem of hij alle Engelse voetbalclubs uit de Premier League kan opnoemen. De clubs plus de namen van de coaches en van elk team de drie belangrijkste spelers. Vroeger in hun studentenhuis konden ze dat namelijk. Dat was toen een belangrijke vraag tijdens het avondeten. Net als dat je alle nummer 1-hits van Queen moest kennen.

De vriend legt aan Hugo uit dat hij een dag vrij moet nemen om honderd kilometer te rijden om zijn moeder van haar huis naar het prikpunt te begeleiden. Om daarna weer honderd kilometer terug te rijden. Terwijl die prikpikken van de GGD zo bij zijn oude moeder langs kunnen. Mouwtje omhoog, naaldje erin en klaar is oma. Waarom is het zo'n godvergeten chaos Hugo? We zijn het FC Emmen van Europa. Maanden hebben die boterletters op jouw ministerie dit toch zien aankomen? We zijn vijftig persconferenties verder! Zeg maar tegen de zwartlakkers op je departement dat ze het de komende jaren nog knap druk krijgen. De vriend hangt op.

Hugo probeert zich het gezicht van de vriend voor de geest te halen. Hij herinnert zich een saaie doorzonsukkel. En een lelijke vriendin die erg voor het milieu was.

Hugo voelt dat hij iets moet gaan doen. Iets sensationeels. Een winkel plunderen? Een *Primera*? Wat moet je daar nou roven? Wat voor loser ben je dan? En bij Gucci vindt hij alles spuuglelijk. Dat is de smaak van voetbalvrouwen. Maar die houden ook van Dubai en Ibiza. En iedereen weet: dieper kan de mens niet zinken. De Jumbo dan maar?

Hij besluit in zijn wanhoop om iets te gaan roepen. Hij gaat schreeuwen dat het goed gaat. Dat we binnen een maand volledig bij geprikt zijn. Dat we dan weer meedoen in de vaccinatietop van de wereld. Maar gaat iemand hem nog geloven?

Hugo aarzelt: moet het leger komen helpen met prikken? Maar die zijn ook al voor het herstellen van de orde gevraagd. Als we dat laatste nou eens aan de hooligans vragen? Het zijn bijzondere tijden: *Geen Stijl* zamelt geld in voor een goed doel en hooligans herstellen de orde in de straten.

Hugo snakt naar 17 maart. Dan mag hij namelijk

weg. Het eerste wat hij zal doen is die aanstellerige schoenen uitschoppen. En dan? Terug in het onderwijs? Misschien een goed idee, maar zal hij ooit nog orde kunnen houden?

Is dat nou nodig?

Bij ons thuis zijn we in een opperbeste stemming sinds we Hugo de Jonge van werkelijk alles de schuld mogen geven. Dus niet alleen van de vaccinatiechaos met die rij bibberende bejaarden bij de Brabanthallen. Nee, gewoon van alles krijgt onze Hugo de schuld. Als bij ons de boter, de pindakaas of het toiletpapier op is dan roept er iemand dat Hugo dat zou regelen. Maar we trekken het ook breder. Als bij de amateurclub Ajax een boterletter vergeten heeft om de duurste aankoop ooit op een belangrijk lijstje voor de UEFA te zetten dan noemen wij die dombo zonder verder onderzoek Hugo de Jonge. Net als de arts van de vrouw van doelman Onana, die vergeten had om tegen haar te zeggen dat haar man niet uit haar pillenpotje mag snoepen. Die dokter heet vanaf nu ook Hugo de Jonge. Wel grappig dat de UEFA net langskwam op de dag dat hij stomtoevallig dat ene pilletje uit haar assortiment had genomen. Vrees dat Van der Sar weer aan de bak moet. Die is beter dan die bejaarde Stekelenburg.

Wat Onana tijdens het jaartje schorsing moet doen? Misschien is wielrennen een goede optie. In plaats van Tom Dumoulin, die trouwens ook wel aan een opwekkend pilletje toe is. Ondertussen wordt er flink gescholden in de Johan Cruijff ArenA. Hou het dak maar even dicht. Niet alleen voor de sneeuw.

Wie we deze week nog meer Hugo de Jonge noemen? De mevrouw die in 2007 tegen een officier van justitie zei dat ze namens het Kabinet van de Koningin belde. Ze vroeg of die zaak tegen die arme Julio Poch niet kon stoppen. Wel weer een lekker koninklijk paniekvoetbalverhaal. Welke koningsgezinde vazal had gelekt richting de Oranjes? Jan Peter Balkenende? Piet Hein Donner? Dit blijft een eeuwig mysterie. Zoals we ook nooit te weten komen wie er uiteindelijk gebeld heeft naar het voor leken volstrekt onbekende Eurojust. Wie dat was? Prinses Petra die het voor haar zielige schoonzus opnam? Of *de vrouw van die Lange* zoals Mabel nog altijd in mijn stamkroeg genoemd wordt? Een Wassenaarse vriendin van Max kan natuurlijk ook. Een overmoedige bakfietsmoeder die na drie lauwe Chardonnays een brutaal belletje heeft gepleegd. Nu in 2021 zou ik balorig gokken op gravinfluencer Eloise, die een gezonde hekel heeft aan alle benauwde regeltjes en kinderachtige protocollen. Maar die was toen vijf. Deze zaak wordt uiteraard ook nooit opgelost. Trix, Max en Lex hebben heel goed gezocht en niks gevonden. En dan zijn we klaar. Maar het is goed om als volk te weten hoe deze Duitse familie haar positie goed in de gaten houdt en niet schuwt om zich ergens indirect mee te bemoeien. Ze doen er echt alles aan om binnenkort voor altijd uitgezwaaid te worden.

De leukste regel uit dit nieuwsbericht was het zinnetje 'Is dat nou nodig?' Het onderzoek was volgens de koninklijke belmevrouw namelijk zielig voor Máxima. Niet voor al die onschuldige types die zonder parachute uit die vliegtuigen geflikkerd zijn. Die zijn toch al dood. Net als de arts die die arme Aleksej Navalny in het ziekenhuis van Omsk niet liet sterven nadat Poetin zenuwgas in zijn onderbroek had gestopt. Dat was dom van die dokter. Hij werd hierdoor de Hugo de Jonge van dat hospitaal en kon voor altijd vertrekken.

En wie is eigenlijk de Hugo de Jonge van onze nationale trots Shell dat een gezellig verlies van meer dan 20 miljard heeft geleden? Of zijn wij dat allemaal omdat we door de pandemie veel te weinig rijden en vliegen? De schatkist lijdt er gelukkig niet onder omdat deze olieboeren amper belasting betaalden.

Of de voorzitter van het Japans Olympisch Comité ook een Hugo de Jonge is? Hij heeft zich de woede van veel vrouwen op de hals gehaald door te vertellen dat vergaderingen met deze schepsels zich maar voortslepen omdat ze veel te veel praten. Inmiddels heeft het watje zijn excuses aangeboden. Terwijl deze Hugo natuurlijk gewoon gelijk heeft. Het moest waarschijnlijk van zijn vrouw.

Appzuchtig

Of ik wel eens over de borsten van Britney Spears heb nagedacht? Nee, maar wel over het haar van Ivo Niehe. De borstenvraag stond afgelopen donderdag centraal in mijn appgroep. Dit clubje bestaat uit drie mannen, vier vrouwen en een genderneutrale twijfeldominee. Die laatste vroeg of wij hadden gelezen dat een aantal gelovige vrouwen zich serieus druk maakt over de nieuwe Nederlandse vertaling van de bijbel. Moet god daarin worden aangeduid met *Hij* of *hij*? Dus met of zonder hoofdletter? De vrouwen in onze appgroep reageerden eensgezind dat het *Zij* moest zijn. Met een loeigrote Z. God is namelijk een vrouw! Ik appte: lesbisch? De twijfeldominee vroeg of ik wilde ophouden met mijn eeuwige ironie. Ik moest eindelijk maar eens volwassen worden. Het leven was al ingewikkeld genoeg.

Wat is volwassen? Als je je serieus afvraagt of je in een of ander boekje *hij* of *Hij* moet schrijven als het over god gaat? Zal er door de dames serieus over gezoomd zijn? Is er binnen het Nederlands Bijbelgenootschap al een Hoofdletterwerkgroep? Volgens mij ligt god voortdurend in een deuk als zij ons dagelijks radeloos ziet modderen op deze aardkloot.

De atheïst in ons clubje appte daarna dat Adam eigenlijk homoseksueel was en dat Eva zich daarom had laten ombouwen om haar man te behagen. Maar dat dat nieuws de bijbel nooit gehaald heeft. De dominee sommeerde ons te stoppen met deze verzinsels.

Ik gooide in de groep dat ironie de enige reddingsboei is waardoor je kunt overleven. Vooral in een wereld vol knettergekke fatsoensidioten. Maar ik beloofde ook dat ik me vanaf nu zou gedragen. Het leven dient serieus genomen te worden. Daarna vroeg ik aan de appgroep of zij het ook jammer vonden dat Klaasje K3 gaat verlaten en of ze al een mening hadden over het hondje van Gordon dat een emotionele wig drijft tussen hem en Gerard Joling? Een van de vrouwen vroeg wat voor merk hondje het was. Volgens de dominee was het een schepsel gods. Dat is het enige dat telt. Daarna maken type en soort niet meer uit.

Gelukkig werd ik afgeleid door een filmpje dat de meest sportieve uit ons groepje stuurde. Ik zag een bootje dat door de dunne laag ijs van een Amsterdamse gracht voer. Een stuurs voor zich uit kijkende man verpestte in één klap de schaatspret van duizenden mensen. Ik vroeg me af wie deze zwaar gestoorde winterschipper was?

Freek Jansen, opperde de rest unaniem. Nu deed zelfs de dominee mee.

Inmiddels begrijp ik dat ook de Utrechtse Oudegracht door iemand aan flarden is gevaren? Waarom? Wie doet dit? Een schaatsenhater? Iemand die net failliet is gegaan door de pandemie? Een vechtscheidingsgevalletje? Zou zomaar kunnen. Er zat een bibberende kleuter voor op het sloepje. Wie wilde de gek met zijn bootje treffen? Deze Amsterdamse ijsbreker is alleen geverbaliseerd omdat hij tegen de vaarrichting in voer. Verder niks. Hij mag een kleine geldboete betalen. Een meedogenloze straf. Een week lang dompelen in een wak lijkt mij gepaster. Ik begrijp dat dat ook goed is voor je bloedsomloop. Gelukkig wordt hij wel met voorrang gevaccineerd. Dat stond althans in de krant: zwakzinnigen eerst.

Ook de appgroep is hierover verbijsterd. Gelukkig niet te lang want de meesten zijn schaatsen. De ijspret geeft de broodnodige lucht waar iedereen hunkerend aan toe is. Vooral de jeugd die bijna stikt. Ik snap ze zo goed. Als je jong bent wil je lachen en lucht! Mensen ontmoeten. Hoop zo dat dat iedereen nu weer even lukt. Dat mensen op het ijs amoureus tegen elkaar opbotsen in plaats van muf te netflixen, te twitteren en te appen.

Hoewel? Gelukkig toch weer een appje uit de groep. Zo blij. Dacht even dat ik niet meer bestond. De dominee is in vorm en vraagt: Wil jij dat je zus met een Thierry thuiskomt?

Het blijft even stil. Doodstil. Deze hadden we niet verwacht van de dominee. Dan antwoordt mijn Colombiaanse vriend Miguel: wij Zuid-Amerikanen gaan voor iets meer IQ. Dus geen blanken svp!

Door het ijs

Wopke vond het scheve schaatsrondje met Sven Kramer zelf ook niet handig. Maar had hij dat nou echt niet eerder kunnen bedenken? Welke fossiele idioot binnen het CDA heeft dit in godsnaam verzonnen? Waar woont deze medewerker zonder televisie en wifi? In een afgelegen boerderij in Ruinerwold? Dit verzin je toch niet? Een minister die in deze tijd gaat schaatsen in een hal! Daar heeft dus niemand bij dat suffe CDA bij stilgestaan. Ook Wopke zelf niet. Die zat waarschijnlijk wat miljarden voor dat armzalige KLM bij elkaar te bellen. Misschien willen Ahold en Jumbo een miljardje lappen.

Toen ik gisterochtend die blunderfoto zag wist ik dat Wopke zich niet had laten adviseren door Liselot. Eerder door het gouden duo Willem Engel en Jeroen Pols. Dat deze twee viruswaanzinnige verkiezingsconsultants hem hadden wijsgemaakt dat een rondje Thialf heel goed zou zijn voor zijn imago. En een wedstrijdje tegen Sven was helemaal leuk. Dat kon Wopke namelijk makkelijk winnen. Kramer redt het op dit moment alleen nog achter de oude keukenstoel van Claudia Pechstein.

Gister heb ik even gebeld met het CDA om te vragen hoe het nou precies zat. Ze gaven ruiterlijk toe dat de telefoonlijn roodgloeiend stond. Roodgloeiend van schaamte. Er was inmiddels ook al iemand uit het campagneteam ontslagen. Op staande voet. En nu maar hopen dat dit warhoofd niet Ferd Grapperhaus als advocaat neemt. Dan maar geen afkoopsom.

Over Grapperhaus gesproken. Toevallig was ik afgelopen dinsdag bij Mark in het Torentje voor een bakje koffie en zag ik de radeloze puinhoop op zijn bureau. Stukken plakband, een oude vieze pleister, verbogen paperclips, twee kromme punaises, een beduimeld velletje onleesbare aantekeningen en een potje hard geworden houtlijm. Mark vertelde dat Ferd de hele nacht bezig was geweest om een tweedehands avondklok weer aan de praat te krijgen. Hugo had wat tips gegeven, maar dat gaf bij Ferd alleen maar irritatie. Ik vroeg of het gelukt was. Volgens Rutte tikte het klokje wel weer, maar het liep nog niet lekker gelijk. Dat kwam vast en zeker goed. Kwestie van geduld. Dat is het mooie van onze altijd optimistische minister-president, die afgelopen donderdag in ons parlement zowaar voor dictator werd uitgemaakt. Door ene Kuzu van Denk nog wel. Vond ik opmerkelijk. Die Kuzu moet als glibberige hielenlikker van Erdogan toch echt wel weten wat een dictator is. Ik heb onze premier nog nooit iemand op zien sluiten voor een vrolijke cartoon. En ook niet voor een tweetje dat hem niet bevalt. Ik raad de heer Kuzu aan hetzelfde een keer over de Turkse president te zeggen. Doe dat eens Tunahan. Noem je vriend Erdogan gewoon een dictator. En zeg dan ook nog iets over de Armeense genocide. Ben zo benieuwd hoe dat afloopt.

Ik zag Rutte heel even verstoord opkijken, maar gelukkig trok hij zich van deze kneus verder niks aan. Die Kuzu mag Allah op zijn blote knietjes danken dat hij hier woont en dit allemaal mag zeggen in ons land. Elders op de wereld zijn ze minder mild. In Spanje word je al opgepakt als je de maffiabaas Juan Carlos uitmaakt voor maffiabaas. De voormalige koning heeft de tent voor minimaal zestig miljoen getild. Ben je dan een maffiabaas? Ach ja, koningshuizen. Tragische poppenkasten voor de sprookjesgelovers. Harry en Meghan hebben deze onzin nu echt officieel de rug toegekeerd. Harry had er na de moord op zijn moeder al heel lang geen trek meer in. Moest deze week bij de docu over Britney Spears doorlopend aan Diana denken.

Maar ik belde dus met het CDA en sprak een wat nerveuze persvoorlichter. Ik vroeg of er nog meer leuke verkiezingsactiviteiten op het programma stonden. Ze begon enthousiast over Mona Keijzer die volgende week met Dion Graus en zijn bodyguards een swingersclub in Zeewolde gaat bezoeken. Ank Bijleveld zit een lang weekend in een huisje in de Ardennen. Met Keith Bakker.

Ik wenste de partij succes. En heel veel zetels.

Strafschopgebied

Toen Virgil van Dijk boos werd op Johan Derksen om zijn foute Akwasi-grap en weigerde om nog in het programma van de Snor te komen wist ik: Nederland gaat in 2022 niet naar het WK in Qatar. Virgil en zijn vrienden stellen overduidelijk grenzen. Die jongens gaan niet voetballen op een knekelveld waar de botten van meer dan 6500 Aziatische slaven liggen.

Even een vraagje tussendoor: stel dat er in het strafschopgebied een botje uit het gras steekt en een speler flikkert daarover. De scheids heeft dat in eerste instantie niet door, maar de VAR ziet het in de slow motion. Is het dan een penalty of scheidsrechterbal?

Mag je eigenlijk voetballen op een kerkhof? Staat daar iets over in de Koran? Want dat boek is in dat theedoekenstaatje heiliger dan heilig. 'Strafschopgebied' is trouwens wel een lekker woord in een stadion waar duizenden dooie slaven onder de sprietjes liggen.

Maar na de foute grap van de Snor wist ik: deze

voetballers gaan in zo'n middeleeuwse dictatuur waar homoseksualiteit verboden is en vrouwen onderdrukt worden absoluut niet spelen. En de Engelsen komen ook niet. Je kan niet voor elke wedstrijd heel devoot en modieus knielen omdat je tegen racisme bent, terwijl je weet dat je dat doet op een door bloed doordrenkt voetbalveld. En dan heb ik het alleen over de dooien. Er zijn natuurlijk ook nog duizenden gewonden, die zo van de steiger in een rolstoel zijn gekukeld.

Wat doet de journalistiek trouwens volgend jaar? NRC? *Volkskrant*? *Trouw*? Gaan zij daar vrolijk schrijven over de schitterende dieptepass van Frenkie en de superluxe hotelkamer van Matthijs? Waarom ik die vraag niet aan *De Telegraaf* en het AD stel? Dat antwoord weet ik al. Maar die andere kranten, die zich vaak in columns en commentaren oprecht bekommeren om mensenrechten, stellen mij toch niet teleur? Wat doen de omroepen? NPO? RTL? ESPN? En de adverteerders? Welk merk wil hiermee geassocieerd worden? Ook niet onbelangrijk: wat doen de televisiekijkers zelf? Laten die het besmette kampioenschap aan zich voorbijgaan en storten die zich op een spannend potje knikkeren op de dementenzender van John de Mol?

Moeten we het nog over het Oranjelegioen hebben? De supporters in hun sinterklaaspakken met hun bossen wortelen op hun hoofd. Buiten het feit dat het vermoeiend hossen is in de hete woestijn, lijkt het me ook vervelend als je weet door wie die voetbaltempels eigenlijk gebouwd zijn. Collega-arbeiders. Waarvan 6500 morsdood en onbetaald! Dat lalt niet lekker. En met zijn allen straalbezopen worden zit er in zo'n islamietenenclave ook niet in. Koppie muntthee kan je krijgen. Wel met suiker.

En dan hebben we nog het probleem van de bondscoach Frank de Boer himself. Die heeft in de nadagen van zijn blinkende carrière samen met zijn broer in Qatar nog een klein zakcentje bij elkaar gespeeld. Ronald heeft daarna de rimpels uit zijn voorhoofd gelobbyd om het WK in dat bulkende staatje te krijgen. Dus dat ligt gevoelig. Frank kan moeilijk tegen zijn spelers zeggen dat ze gelijk hebben dat ze niet gaan. Dan krijgt hij bonje in de familie. En met al zijn oude vrienden daar. Kortom: simpel is het allemaal niet. Frank zal zijn spelers overtuigen om toch te gaan.

Inmiddels heb ik begrepen dat een meerderheid in de Tweede Kamer wil dat onze koning en de premier volgend jaar niet naar Qatar gaan. Misschien is dat een goede afspraak. Een zeer goede afspraak zelfs. Dat die twee gewoon thuisblijven. Dan maak je als land toch een duidelijk gebaar. Dan siddert er daar toch iets door die regering. Geen Rutte en geen Lex. En ook geen Erica. Het zal ze leren.

Maar wel het Nederlands elftal. En als we toevallig de finale halen? Dan komen Lex en Rutte toch. Uitzondering bevestigt het principe. Je kunt ook weer niet te principieel zijn. Als we maar wel duidelijk afspreken dat de spelers zich niet vertonen bij dat racistische Veronica Inside. Niet voor, niet na en niet tijdens het WK. Want er zijn natuurlijk wel grenzen.

Alleen God weet

Natuurlijk is het heel erg dat de vroegere hoogste baas van het gerenommeerde Haagse advocatenkantoor Pels Rijcken niet meer onder ons is. De notaris in kwestie is er vorig jaar zelf mee gestopt. Waarom? Omdat hij de tent voor miljoenen genaaid had. Centjes achterovergedrukt. Centjes? Miljoenen. Tien miljoen wordt zelfs gefluisterd. Het advocatenkantoor, dat ook voor landsadvocaat speelt, noemt geen bedrag en dan weet je helemaal zeker dat het om veel geld gaat.

Wel grappig dat deze corrupte notaris in 2017 nog een speech hield over 'integer ondernemen' en 'het morele kompas van zijn kantoor'. De tranen schieten in mijn ogen.

Het meest curieuze aan de hele zaak is dat niemand bij Pels Rijcken iets wist van de sjoemelpraktijken van de hoogste baas. Hoe dat kan? Was de man inderdaad briljant geraffineerd of heeft dat kantoor collectief zitten snurken? Loopt er tussen deze topadvocaten nou niet één klokkenluider die ooit dacht: stront aan de knikker! Of is er op dat soort chique kantoren geen bel waaraan getrokken kan worden.

Inmiddels begrijp ik dat de zaak wordt onderzocht door de deken van de Haagse advocaten en die gozer was vroeger partner bij Pels Rijcken. Dus die heeft ook jaren zitten tukken in datzelfde kantoor. Dat maakt het wereldje wel lekker overzichtelijk. Hij heeft de code nog van alle computers.

Inmiddels heeft onze minister van Justitie laten weten dat hij het volste vertrouwen in het advocatenkantoor houdt. Moet ie zeker doen, maar ik hoop ook dat hij zich realiseert dat vanaf nu alle landsadvocaten binnen de rechtbank keihard uitgelachen worden. Als je van een kantoor komt waar de baas tien miljoen heeft kunnen verduisteren dan ben je echt het lulletje lampepit van de dag. Bij elk woord dat je zegt krijgt de tegenpartij de slappe lach en gaat vervelende vragen aan je stellen. Of jij jaarlijks die tienduizenden pagina's van Rutte zwart moet lakken of dat ze dat op het ministerie zelf doen?

Dit Haagse advocatenkantoor kan je toch echt niet meer serieus nemen? We hebben het niet over de kantinejuf die twee flessen ketchup mee naar huis heeft genomen, maar over de hoogste baas. Een notaris die minimaal tien miljoen heeft verduisterd. Tien miljoen en niemand had het door. Ook de boekhouding niet. En dat een ex-collega dit gaat onderzoeken.

Een van de leukste regels uit het persbericht van Pels Rijcken is dat het kantoor niet weet waarom hun vroegere bestuursvoorzitter dit gedaan heeft. Wat te denken van hebzucht? Ik doe maar een gooi.

Mijn vader vertelde vroeger regelmatig een vrolijk verhaal over een bankdirecteur in de jaren vijftig. Die man was in de veertig jaar dat hij daar werkte altijd aanwezig op de bank. Zeker als de accountants op bezoek waren. Tot hij een keer ziek was en hij geen bevredigende antwoorden kon geven op moeilijke boekhoudkundige vragen. De accountant ging verder zoeken en vond veel. De directeur was echter zo ziek dat hij korte tijd later overleed. Het onderzoek was nog niet afgerond en op zijn begrafenis sprak de hoogste baas van de bank de prachtige woorden: 'Alleen god weet wat wij aan hem hebben verloren.' Dat bleek later ook meer dan tien miljoen te zijn. Net als in het geval van de baas van Pels Rijcken.

Hoe het kan? Zo'n groot financieel en menselijk drama? Geen idee, maar het kan. Het kan in een land waar iedereen zit te tukken. Waar de premier in een verkiezingsdebat waanzin raaskalt. Zegt dat hij een kerncentrale in de provincie Groningen wil plaatsen. Over humor gesproken. Tien jaar na de kernramp van Fukushima. De kerncentrale die werd weggevaagd door een aardbeving en een tsunami. En dan zegt onze minister-president tien jaar later: 'We zetten een kerncentrale in de provincie Groningen!'

De enige plek in Nederland waar je zoiets niet moet plaatsen. De trillende parkinsonprovincie die elk moment weer door elkaar geschud kan worden. In totale verbazing vraag ik me dan ook af: weet iemand voor deze premier een beetje wakkere advocaat?

Racistische royal

Wie zal de racist zijn bij de Windsors? Charles? Camilla? Die ouwe Philip? Dat zal toch binnenkort wel naar buiten komen? Anders blijven wij maar gissen. Kan je er bij de Engelse bookmakers eigenlijk op gokken? En wie levert het meeste op? Die Sarah Ferguson? Of telt die na haar scheiding niet meer mee? Maakt haar ex Andrew nog een kansje? Of heeft die vooral enthousiast gereageerd op het feit dat de volgende nazaat van Harry en Meghan een meisje is. Een meisje dat op een dag zestien wordt en dat hij er dan een kerstdiner lang naar mag koekeloeren. Hij kan niet wachten.

Ik ga iets bekennen. Toen die Meghan tegen Oprah over het kleurtje van de baby begon moest ik even drie keer met mijn oude ogen knipperen. Ik had bij haar tot nu toe nooit iets van kleur gezien. Tenminste... zoals Meghan eruitziet, zo ziet heel Amsterdam eruit. Net als Leeuwarden en Venlo. Dat maakt de wereld zo gezellig.

Een vriend van mij had niet naar het interview met het verongelijkte setje gekeken en vroeg aan mij hoe het was. Ik vertelde hem dat het ronduit indrukwekkend was geweest en dat het maar heel even over de privébesognes van het stel was gegaan. Meghan vond het onzin dat haar huwelijk zesendertig miljoen had gekost. Met twintig was ze ook dik tevreden geweest. Verder had de vrouw van Harry vooral indringend gesproken over haar zorgen over de oorlog in Jemen, het smelten van de ijskappen, de wereldwijde bosbranden, de bootvluchtelingenstroom, de vaccinatie-ongelijkheid, de onstilbare honger van miljoenen en uiteraard de dood van George Floyd. Later belde die vriend mij met de vraag met hoeveel flessen jenever achter mijn kiezen ik naar dat interview had zitten kijken. Bij hem had die Meghan het namelijk geen seconde over de wereld gehad. Uitsluitend over ordinair familiegereutel. Ik vond de racistische royal niet zo schokkend en wees hem op het feit dat elke Nederlandse familie een fossiele oom of tante heeft die aanstaande woensdag op een eng rechts partijtje stemt. Normaal zwijg je zo'n familielid dood. Of in elk geval in coma.

We lachten nog wat over de lijsttrekkersdebatten. Vooral over Wopke die tegen Jeroen Pauw toegaf dat hij vroeger wel eens stickie had gerookt. Daar voegde hij tuttig aan toe dat hij daar niet trots op was. Dat laatste had een mutsig campagneteam hem ongetwijfeld ingefluisterd. Anders zou de achterban in Nijkerk schrikken. Terwijl iedereen weet: juist in Nijkerk rookt, snuift, spuit, slikt en drinkt iedereen zich het leplazarus. Anders is de welvaart nog zinlozer.

Wat Wopke had moeten zeggen? Dat dat jointje hartstikke lekker was en dat hij dat graag consumeerde in zijn jolige jongensjaren. Bij het Leidse Studentencorps Minerva. En dat zijn geheugen in die tijd veel beter was dan nu. Dat hij toen wel wist wat er in het verkiezingsprogramma van het CDA stond en hoe het met het minimumjeugdloon zat. Zoiets. Je moet trouwens nooit spijt hebben van je baldadige jongensjaren. Integendeel. Rond je twintigste gebeurt het. Dan try-out je voor de rest van de saaie rit die leven heet.

Neem een voorbeeld aan Dreetje Hazes. Die leeft zijn jeugd zoals een jeugd geleefd dient te worden. Niet één oude fiets, maar de hele stalling. Heerlijk toch? Zijn relatie knalde onlangs toen hij met zijn stiefmoeder hun geadopteerde ezeltjes op Bonaire bezocht. Over essentieel reizen gesproken. Geadopteerde ezeltjes. Dit moet verzonnen zijn.

Maar wie is de racistische Windsor? Daar gaat het voorlopig om. Daar trekken we uren zendtijd voor uit. De chocoladeletters knallen uit de kranten. Net als dat we de komende weken aan de buis gekluisterd zitten voor de perikelen van Mia Farrow en kindervriend Woody Allen. Vier uur docu vol familieroddels. Heerlijk toch? Wij NRC-lezers en VPRO-leden in de grachtengordel zullen het gulzig tot ons nemen. Of ik ook ga kijken? Nee, te druk. Ik neem volgend jaar de tournee van cabaret-collega Martijn Koning over. En neemt u van mij aan: dat wordt een pittig klusje.

Uitbundig doch beschaafd

Ik wist niet dat AstraZeneca ook aan botoxspuitjes deed. Dit dacht ik toen ik afgelopen zaterdag Linda de Mol op televisie zag. Ze interviewde Marco Borsato die een tijd in een intimiteitsvacuüm zat. Een wat? Een intimiteitsvacuüm. Dit woord heeft hij ongetwijfeld geleend van een derderangs huwelijkstherapeut. Het was trouwens een hilarisch uurtje televisie met messcherpe vragen van de Nederlandse Oprah Winfrey. *Koefnoen* en *Jiskefet* revisited.

Ik had sowieso een leuke zaterdag. Dat kwam ook door mijn licht demente buurman die bij de zelfscankassa van de supermarkt stond te hannesen met zijn stempas. Zijn pinpasje had hij de dag ervoor met zijn stemformulier in een envelop gepropt en naar het stadhuis gestuurd. Volgens hem moest dat van Rutte. Hij wist niet meer op wie hij gestemd had. Hij dacht Henk Krol. Henk Otten kon ook. Ik vertelde hem dat deze twee Henken binnenkort een friteskraam op Urk openen. Het laatste dorp waar ze nog alles geloven.

Sowieso werd ik vrolijk van dat gedoe met dat stemmen per post. Die twee enveloppen waar alle oudjes geen ene jota van snapten. Zelfs Jan Terlouw kreeg op televisie hulp van een geduldig mantelzorgtype. Dan is het ingewikkeld hoor. Het leukste is het nog dat hordes ambtenaren dit allemaal bedacht hebben en het systeem tot in den treure hebben uitgeprobeerd. Wanneer dan? Op wie dan? Op elkaar? Het zegt iets over de geestelijke conditie van de bejaardenberg, maar nog meer over het gemiddelde IQ van ons ambtenarenapparaat.

En dat zegt iets over de stand van het land waar de toch al wat onzekere coronaminister met een verlopen paspoort bij het stembureau arriveert en de premier glansrijk de verkiezingen wint nadat hij niets anders heeft gedaan dan een paar weken lang zijn fouten toegegeven. Sorry Groningen. Sorry toeslagouders. U heeft gelijk. Het is een schande. Ik schaam me diep. Goed dat u dat zegt. Worden beide partijen de komende maanden eindelijk betaald? Wat denkt u zelf?

Ondertussen likt links de schrijnende wonden. En dat zijn er nogal wat. Jesse is jong en door de jongeren van zijn eigen partij meedogenloos uitgeschaterd, maar hij overweegt niet op te stappen. Lilian spiegelt zich aan haar voetbalcluppie Feyenoord en de andere Lilian kan er niks aan doen omdat ze te nieuw is. Iedereen zegt dat ze moeten fuseren. Maar wie wordt er dan de baas? Precies. Dus dat duurt nog even. Alleen

CDA-voorzitter Ploum weet nog hoe het hoort. Ja Wopke!

De keurige Kaag is ondertussen prachtig tweede. Kwam ook een beetje door een oliedomme fout van Geertje met zijn vier keer 'verrader' in het laatste debat. Toen wisten zelfs de grootste twijfelaars dat ze op Sigrid zouden stemmen. Vooral de manier waarop ze ijzig kalm bleef gaf duidelijkheid. Zo'n premier willen we. Haar dansje op tafel was uitbundig doch beschaafd. D66 ten voeten uit.

Verder was de uitslagenavond geeuwend saai. Ik zappte langs twee zenders en zag zowel Eus als Splinter als de onvermijdelijke Maarten van Rossem. Woedend belde ik mijn manager waarom ik daar niet zat. Ik weet ook niks van politiek, maar ik kan toch wel meepraten? Ik ben naarstig op zoek naar werk in deze moeilijke tijden. Daarom heb ik donderdag een sms aan Mark gestuurd dat ik tijd heb om minister van Cultuur te worden. Sinds een voormalig secretaris van een postduivenvereniging het op dat departement tot staatssecretaris heeft geschopt durf ik ook wel. Ik heb het over de hallucinerende Halbe. Mark reageerde enthousiast. Dus wie weet.

Donderdagochtend vroeg vertelde mijn kapper haar politieke keuze en ik smeekte haar dat ik dat niet wilde terugzien in mijn kapsel. Ondertussen begreep ik dat Thierry ook weer boven water was. Op de avond van de uitslagen was hij zoek. Slimme zet van de puber. Iedereen had het over hem. Later werd bekend dat hij een feestje vierde. Maar ik weet dat dat niet waar is. Hij was met een kist met twaalf overheerlijke flessen Bourgogne naar Martijn Koning. Als dank voor de extra zes zetels.

Sodepieterop

Op het moment dat de blonde blunder van Kajsa naar buiten kwam was ik graag op bezoek geweest bij onze demissionaire premier. Ik had hem als een Repelsteeltje willen zien stampvoeten in zijn Torentje. Wat zal hij boos zijn geweest dat deze smerige smurrie zomaar naar buiten kwam. Wie zal hij als eerste gebeld hebben? Zijn boezemvriend Jort? Of meteen Annemarie Jorritsma om haar woedend uit te leggen dat als hij haar iets in vertrouwen vertelt over die Omtzigt dat ze dat dan in d'r polderoren moet knopen en niet op papier moet zetten. Ook niet als geheugensteuntje.

Ze heeft toch geen alzheimer? Ze kan dat toch wel zelf onthouden? Ze had dat een keer tussen neus en lippen tegen Ollongren moeten lispelen. Zachtjes fluisteren dat Mark die Pieter een eikel vindt omdat die Tukker zijn Kamerwerk veel te serieus neemt. Dat Mark een tennisarm heeft overgehouden aan het zwartlakken van de duizenden dossiers die die Twentse Pietje Precies samen met Rooie Renske maar bleef opvragen. En dat hij uiteindelijk door de vasthoudendheid van dit duistere duo op de fiets naar de koning moest om zijn ontslag aan te bieden. Maar dat ik van hem af wil zet je toch niet op papier Annemarie? En je weet toch wel wat ik met 'functie elders' bedoel? Uitrangeren zo'n sukkel. Burgemeester van Haaksbergen maken. Losser mag ook. Of net als Pechtold tot 'chef rijbewijzen' benoemen. Zoiets onbenulligs. Maar dat hou je voor jezelf. Horen, zien en zwijgen. Dat is het politieke precisiewerk dat nooit ergens zwart-op-wit mag staan. Ook niet in een kattenbelletje.

Eerlijk gezegd had ik donderdag een beetje medelijden met Mark. Omdat het opeens zo duidelijk is. Niks staatsman. Absoluut geen crisismanager in tijden van corona. Eerder een bange man die recordpremier wil worden en daarom de luis in zijn pels probeerde dood te spuiten. De luis die als een van de weinige parlementariërs doet waarvoor hij gevraagd is. Namelijk de regering controleren en aanspreken op fouten. Op grove fouten.

Zal hij Pieter inmiddels al gebeld hebben? En wat zal hij gezegd hebben? Dat de schandelijke aantekening absoluut niet van hem komt, maar van jaloerse partijgenoten die bezig zijn met een achterbakse fluistercampagne om de veel te succesvolle Tukker uit het CDA te bonjouren? Dat zou namelijk zomaar kunnen. Dat Pieter niet past in de kliek. Hij is namelijk veel te transparant voor de chronisch gluiperige Christendemocraten. Iemand nog verbaasd dat gisteren weer eens twee Limburgse gedeputeerden af moesten treden omdat ze oogluikend hadden toegezien hoe de plaatselijke top van hun partij wist van illegale subsidiestromen richting een ander vooraanstaand lid? Waarom is het Limburgse CDA-nieuws al jaren zo voorspelbaar? Er is weer een hoop te biechten in het zuiden.

En nu moet de formatie door. Hoe? Geen idee. Misschien moeten ze baggeraar Boskalis bellen om de boel los te trekken. Er zijn voor de dames Jorritsma en Ollongren inmiddels twee opvolgers benoemd. Meegaande types die het spelletje snappen. Die acteerden donderdagmiddag dat ze echt helemaal fris opnieuw beginnen. Is er nog iemand die hen gelooft?

Vraag blijft: wat doen we met Pieter? Want stel dat ie terugkomt. Wil hij dat nog? Kan hij dat nog? Wordt hij dan fractievoorzitter van de partij die hem weg wil hebben? Ik zou het leuk vinden. Zeker als hij het dan samen met Renske weer glashard opneemt voor bijvoorbeeld de Groningers, die nog steeds geen cent schadevergoeding gezien hebben terwijl de KLM-miljarden alweer bijna op zijn. Ik zou dat fantastisch vinden. Twee laatste Mohikanen die keihard tekeergaan tegen doctrines, die eisen dat de regering doet wat er beloofd is en die zich door niemand weg laten pesten. Schijt aan achterbakse aantekeningen van twee suffe akela's die braaf doen wat hun baasjes willen.

Volgens mij is er politiek gezien iets essentieels gaande. Komende week is er een debat en ik durf nu al te wedden dat dat doodbloedt. Ik vrees dat ik dan een dag rond ga lopen met mijn snikkel uit mijn broek. Als statement.

Fietsie foetsie

Gistermiddag liep ik op een bijna verlaten Binnenhof omdat Wybren, Thierry en ik binnenkort een gezellig reisje gaan maken. We moesten nog even wat details bespreken. Opeens zag ik een radeloze Rutte. Hij zocht wanhopig naar zijn fiets die hij donderdag in grote haast ergens had neergezet. Hij had geen idee waar, omdat hij donderdag best druk was geweest. Waarmee? Dat wist hij niet meer precies. Gewoon druk.

'Dat wordt nog wat met die eieren dit weekend,' schaterde hij uitbundig om zijn eigen grapje. De fiets kon volgens hem niet gejat zijn omdat hier uitsluitend betrouwbare mensen rondlopen. Nu moest hij weer lachen. Ik ook.

'Is zij ook betrouwbaar?' Ik wees hem op een enigszins radeloze zwerfster, die turend naar de grond in zichzelf liep te murmelen. Door haar mondkapje kon je niet goed verstaan wat ze zei. Ze hield een stapeltje papieren angstvallig tegen zich aan.

'Dat is haar gekkenhuisrapport,' fluisterde Mark, 'daarin staat dat ze knettermesjogge is.'

Ik vroeg hoe ze heette. Mark had geen idee. Zijn fiets heette trouwens Pieter. Soms kwam hij als hij hem riep, maar vandaag lukte dat niet. Pieter stond waarschijnlijk op slot.

Ik liep naar de zoekende vrouw en zag dat het onze Kajsa was. Toen ik haar naam noemde tikte ze met haar wijsvinger tegen haar mondkapje en siste: 'Ssssttt!'

'Ze bedoelt dat je niet moet praten,' fluisterde Mark, 'je moet hier altijd heel erg op je woorden letten. Niet praten en zeker niks opschrijven.'

Op dat moment kwam Henk Krol aanlopen. Hij drukte mij een foldertje van een nogal tuttige Bed & Breakfast in de hand. Die ging hij samen met zijn man vanaf volgende maand runnen.

'Eerst trouwen Henk,' riep Mark.

'Sssst,' siste Kajsa en hield haar stapeltje papieren nog steviger tegen zich aan.

Ik vroeg aan Henk of hij wist wat het geheim van een goed huwelijk was. Een slecht geheugen. Mark rolde over de kasseien van het lachen. Daarop vroeg ik aan Mark of hijzelf getrouwd was. Dat wist hij niet. Hij dacht van niet en als het wel zo was dan was het alweer zo lang geleden.

Ik vroeg of Kajsa het misschien wist. Mark had geen idee wie ik bedoelde. Ik wees op de naar de grond starende vrouw. Hij wist niet hoe ze heette.

Krol vroeg wat ik op het Binnenhof kwam doen. Ik zei dat ik dat beter aan hem kon vragen. Hij vertelde dat hij aan het afkicken was. Hij mocht om de dag iets tegen Jaïr zeggen en dat werd dan uitgezonden bij Beau. Hij was te bang dat mensen hem zouden vergeten. Mark vroeg wat hij bedoelde met vergeten. Kajsa mompelde dat je dan iets niet meer weet. Mark vroeg zich af hoe zijn fiets heette. Hij dacht: Tamara.

Henk wilde nogmaals weten wat ik daar nou precies kwam doen. Ik vertelde dat ik binnenkort met Thierry en Wybren naar Brazilië ga om te kijken hoe efficiënt ze daar de coronapandemie aanpakken.

'Gaan jullie vliegen?' vroeg Kajsa.

'Nee, dat mag niet. We gaan per Urker kotter met een dominee aan het roer. Dus er kan ons niets gebeuren. God is onze gps en die zorgt dat we veilig aan de overkant komen. En als de boot zinkt dan gaan we het laatste stukje lopen!'

'Ik doe alles op de fiets,' zei Mark, 'maar dan moet ik wel weten waar die is! Mijn fiets heet trouwens Wouter.'

Ik vertelde onderhand dat ik ontzettend veel zin in het reisje had. En Thierry en Wybren ook. En dat ik midden op zee door Martijn Koning verzonnen Jodenmoppen zou gaan tappen.

Op dat moment ging er op de eerste etage met veel lawaai een raam open en schreeuwde een oude verwarde vrouw iets over een nieuwe lente en een nieuw geluid.

Ik zei tegen Mark dat dat Annemarie Jorritsma was. Mark had geen idee. Hij kende geen Annemarie. Hij had wel ooit een oude fiets met die naam gehad. Toen keek hij mij angstaanjagend aan en vroeg: 'Heet u Mark?'

Tranen met Tuiten

Beetje verbaasd was ik wel toen Erik ten Hag mij gisterochtend belde met de vraag of ik zondag in het eerste van Ajax wil keepen. Ik legde de trainer uit dat ik op de leeftijd ben dat ik gewoon AstraZeneca als vaccin krijg. Dus mijn leven stelt niets meer voor. Ik mag wel dood.

Op het moment van het telefoontje was ik met totaal andere dingen bezig. Zoals? De 65.000 ongeldige briefstemmen bijvoorbeeld. Ja, de bejaardenberg heeft bij de laatste verkiezingen lekker geriatrisch huisgehouden. Of ze waren de stempas vergeten of het stembiljet of de envelop was gewoon helemaal leeg. Daarbij had Kajsa tijdens het tellen de regels nog versoepeld. Anders waren alle miljoen briefstemmen in de prullenbak verdwenen. Sinds ik weet dat Kajsa haar eigen geheugen ook behoorlijk hapert snap ik dat ze toen begrip had voor de verwarde oudjes. Zoals die rimpelbesjes weer solidair zijn met onze Mark, die ook nog wel eens woest worstelt met zijn eigen herinneringen. Is dat trouwens de reden dat ze gekozen hebben voor een bijna tachtigjarige informateur? Om een beetje in die sfeer te blijven?

Ondertussen weet ik via een hardcore Haagse VVD'er welke verkenner vorige week gelekt heeft. Het telefoontje waardoor Mark 's morgens vroeg al wist wat hij ook alweer was vergeten tijdens zijn iets te gretige formatiekransje met Kajsa en Annemarie. Deze verkenner heeft inderdaad niet zelf met Rutte gebeld, maar met iemand uit zijn periferie. En deze zogenaamde 'via' heeft Mark op de hoogte gebracht. Wie deze via is? Heel Den Haag weet dat al. Of niet meer. Dat kan natuurlijk ook: dat niemand er nog een actieve herinnering aan heeft. Het is namelijk alweer anderhalve week geleden.

Ondertussen ben ik blij. Vooral voor Ben Smith, de grote baas van Air France KLM, die ondanks dat zijn bedrijf een verlies van zeven miljard heeft geleden toch een bonus van twee miljoen heeft gevangen. Hij kreeg het douceurtje omdat hij vorig jaar bij de demente Hollanders een flinke staatssteun heeft losgepeuterd. Daar hebben ze in Parijs keihard om gelachen. Hoop wel dat Ben verstandige dingen met zijn zuurverdiende miljoenen gaat doen en het niet investeert in de bijna failliete firma Emotional Brain in Almere. Dat bedrijf is van een aantal miljonairs en tweedehands BN'ers, die er 42 miljoen euro in hebben gestopt. Wat Emotional Brain doet? Het ontwikkelt een lustpil voor vrouwen. De dames mogen van de rijke stinkerds wel wat krolser en dan stop je je geld dus in zo'n bedrijf. De pil was in 2013 bedacht door een zekere meneer Tuiten, de directeur die de zaak behoorlijk verknald schijnt te hebben. Wie deze smachtende BN'ers zijn? John Ewbank (de pil die je wist die zou komen!), de racende broertjes Coronel en de keurige ex-topman van de ING Jan Hommen. Het leukste wat ik erover las is dat ook de provincie Flevoland er fiks in geïnvesteerd heeft. Een provincie die zijn centen in een lustpastille stopt. Dat is toch adembenemend grappig? Nou snap ik dat wel een beetje. Als je in Lelystad en Almere de vrouwen zwaarmoedig door de stadscentra ziet sjouwen dan denk je niet: wat een geile donders. Dan begin je als man of lesbo niet onmiddellijk bronstig te loeien. Nee, dan voel je dat er iets moet gebeuren. Hier is voor de farmacie werk aan de winkel.

En die ambtenaren hebben dat gevoeld. Het was dus eigenlijk een sociale investering. Voor het welzijn van de hele provincie. Ook Dronten mag wat wilder. Maar nu zijn ze de gloeiende centen dus kwijt en zitten ze thuis met een zeurende koelkast op de canapé.

Of dit soort nieuwsberichten mij verbaast? Nee hoor. Het is gewoon de armoe van de miljonairs en het zijn de borrelende onderbuiken van de dorre provinciebestuurders. En meneer Tuiten is bijna zijn baan kwijt. Of krijgt hij ook nog een vette oprotpremie mee? Eén ding hoop ik voor de heer Tuiten: dat zijn vrouw hem begrijpt.

Sober uitvaren

Slim van Queen Elizabeth dat ze de familie heeft opgedragen dat de koninklijke verkleedkisten vandaag dicht blijven en iedereen in zijn gewone doordeweekse kloffie naar het afscheid van haar man moet komen. Geen aanstellerige uniformen dus. Daarmee redt ze in elk geval haar zoon Andrew, die anders door de hele natie keihard was uitgelachen als hij zich in een pak vol rinkelende medailles had vertoond.

En oma Elizabeth helpt vandaag ook haar kleinzoon Harry die sinds een paar weken officieel geen uniform meer mag dragen. Hij zou er anders knap verloren bij lopen in de rouwstoet. Oma is lief, oud en wijs zoals bijna alle oma's. Daarom heeft ze hem ook aangeraden om zijn zwangere echtgenote thuis te laten.

'Met 28 weken kan je echt niet meer vliegen,' heeft ze waarschijnlijk gezegd, terwijl iedereen weet dat je dan in je uppie nog makkelijk de oceaan over kan roeien in een gammele skiff. Maar oma zei dit om een hoop stennis tijdens de condoleance te voorkomen. Meghan heeft bij Oprah nou eenmaal de beerput opengezet en die rioollucht hangt voorlopig nog een jaar of tien in alle paleizen. Onlangs zag de koningin in een helse nachtmerrie haar schoondochter Camilla na de begrafenis van Philip als een Sigrid Kaag op tafel klimmen en tegen dat Amerikaanse mormel foeteren wie ze in dat 'fucking interview' in godsnaam met de koninklijke racist bedoelde. En dat er niemand de kamer zou verlaten voordat deze derderangs soapactrice de naam genoemd had. En om dit allemaal te voorkomen heeft de koningin aan mevrouw Markle laten weten dat het beter is als ze thuisblijft. Hoewel het zomaar zou kunnen dat ze vanmiddag alsnog als nummer 31 binnenschrijdt. Het is toch een aandachtorgel met streken.

Ook wel weer geestig dat de plechtigheid vanmiddag sober wordt genoemd, terwijl de wereld gulzig en kortademig meekijkt naar de idiote poespas. Iedere traan wordt vol in beeld gebracht. Daar hebben wij kijkers namelijk recht op. Of dat leuk is? Dat moet je aan Máxima vragen. Maar volgens mij waren die kinderen in Ruinerwold de afgelopen jaren vrijer dan deze tragische poppenkastbewoners. Maar ze geven het niet op, dus ze moeten niet zeuren. Elke beweging van ieder verdrietig familielid wordt onder een vergrootglas gelegd en uitbundig geanalyseerd. Bij RTL *Boulevard* vieren ze vanmiddag feest, de man van *Blauw*

Bloed rijdt voor de tv hijgerig paardje op een vlaggenmast met de Union Jack halfstok en het roddelspul van *Shownieuws* likt onder leiding van Tooske en Albert de beeldbuis een uur lang brandschoon. En ze vinden het allemaal heerlijk.

Ach ja, we moeten wat in de saaie coronatijd. Volgens Rutte gaat de Covid-ellende nog tot zeker 2029 duren. En het prikken tot 3013. Dus is zo'n koninklijke begrafenis een welkom uitje. Ik ken mensen die er vanmiddag goed voor gaan zitten. En gezien hun mislukte levens gun ik ze dit verzetje ook wel.

Maar in de kern wordt het geen andere begrafenis dan een gewone burgeruitvaart. Begrafenissen zijn trouwens altijd mooie ijkpunten in families omdat je gedwongen bij elkaar moet komen. Neemt de rijke broer zijn pas gescoorde jonge mokkel mee of kruipt ie lafhartig naast zijn boze ex? Waar zit de criminele neef van wie iedereen nog geld krijgt? Wat doen we met de gekke zus die zomaar opeens wappiewijsheden kan gaan declameren? Dat zijn bij gewone mensen de uitvaartproblemen.

Vanmiddag zal het niet anders zijn. De ogen zijn wereldwijd vooral gericht op prins Harry en zijn ome Andrew. Houdt Harry anderhalve meter afstand van zijn broer en draagt Andrew een blinkende medaille op zijn gulp? Ik zou dat humor vinden. En het Britse volk ook.

Ondertussen piekeren beide heren over hun ingewikkelde toekomst. Vervult Harry nog lang een *functie elders* of keert hij binnenkort op zijn schreden terug naar het Verenigd Koninkrijk? En Andrew? Die zoekt vooral een goede advocaat. Zullen we die bronstige D66-er Sidney Smeets tippen? Die heeft sinds afgelopen donderdag alle tijd. En niet alleen tijd. Ook heel veel ervaring.

Veterstrikdiploma

Bij de sporthal stonden woensdag zeven verkeersregelaars in veel te ruime fluorescerende pakken mij op te wachten. Wat ik kwam doen? Ik kwam een prik halen. Twee van de zeven pakken wezen mij op drie vrije parkeerplekken naast elkaar. Recht tegenover de ingang. Daar mocht ik hem neerzetten. Toen ik uitstapte wees een derde pak mij op de ingang. Daar moest ik naar binnen. Ik dankte voor de hulp. Bij de deur zat iemand en die vroeg of ik voor de vaccinatie kwam. Dan was ik aan het goede adres. Of ik mijn ID bij me had? Dat had ik. Of ik een gezondheidsverklaring had? Die had ik ook. Ik mocht naar het eind van de gang alwaar een andere medewerker van de GGD vroeg of ik voor de prik kwam en of ik een gezondheidsverklaring bij me had? Ja. En mijn ID? Dan mocht ik door naar een dame achter een plexiglazen schermpje. Ik legde mijn gezondheidsverklaring en mijn ID op de balie. Ik kreeg een compliment alsof ik net mijn veterstrikdiploma had gehaald. Na wat geharrewar in een computer ontving ik een vaccinatiebewijs en dat moest ik bij de tweede prik niet vergeten. Net als mijn gezondheidsverklaring en mijn ID. Ik mocht mij melden bij hokje 2. Daar moest ik even wachten. Ik nam plaats op een plastic tuinstoel naast hokje 2.

Algauw kwam er een medewerker vragen voor welk hokje ik kwam. Voor hokje 2. Dan zat ik op de goede stoel. Er was namelijk nog wel eens verwarring. Dat mensen voor hokje 2 op de stoel van hokje 3 gingen zitten. En dan werd het chaos. Daarom was zij er om alles in goede banen te leiden. Vier minuten later had ik de spuit in mijn arm en moest ik een kwartiertje in een wachtruime plaatsnemen. Daar was een opgewekte mevrouw die mij heel vriendelijk op een lege stoel wees. Maar ik mocht ook een andere lege stoel kiezen. Toen ik naar buiten liep stond er een meneer die vertelde dat ik nu aan de achterkant van de sporthal was, maar als ik drie keer links ging was ik weer bij mijn auto.

Terwijl ik om de sporthal liep dacht ik: laat dit troosteloze hol maar heel lang priklocatie blijven. Als hier maar nooit meer kleine kinderen onder leiding van een of andere gefrustreerde turngestapo hoeven te gymnastieken. Wel aandoenlijk dat die turnbondmevrouw deze week haar excuses heeft aangeboden.

Daarna is ze naar Hans Anders gebracht om zowel haar stekeblinde ogen als haar kwarteldove oren te laten nakijken. Wir haben es nicht gewusst.

Thuisgekomen stond er een fluorescerende meneer van de GGD voor mijn deur die mij vertelde dat ik daar woonde en dat ik mijn auto kon neerzetten waar ik wilde. En dat ik, als ik een parkeervergunning had, niet hoefde te betalen. Anders wel. Hij vroeg of ik thuis naar boven ging en of ik wist waar de trap was. Anders liep hij wel even mee om die te wijzen.

Donderdag voelde ik de prik wel en hing ik licht stoned van de Pfizer op de bank. Ik zag onze politici lekker lang liegen. Alles wat ze wel zo bedoeld hadden hadden ze niet zo bedoeld. En die Rob Jetten komt zeker in Mark zijn nieuwe regering. Zelden iemand zo openlijk zien solliciteren. Normaal geeft Rutte op donderdag trouwens les op een vmbo-school. Maatschappijleer om precies te zijn. Dus dan legt hij aan kinderen uit wat de functie van de regering is en hoe belangrijk de rol van de Tweede Kamer is. Ik werd vrolijk van dat idee. Net als van het feit dat prinses Amalia na haar eindexamen een gezellig tussenjaar neemt. Beetje reizen en zo. Dus die 1,6 miljoen zakgeld komt goed uit. Hoop wel dat ze het geld op tijd op haar rekening heeft. Omdat dat volgens onze staatssecretaris Van Huffelen met die uitkeringen nog wel eens lelijk mis wil gaan.

Ondertussen weten we van drie miljoen vaccinaties niet bij wie ze gezet zijn en die avondklok sloeg volgens Ernst Kuipers ook nergens op. Ik zet het op een zuipen. Op mijn eigen terras. Hoewel ik dat eerst onkruidvrij ga maken. Hoe? Op rigoureuze Utrechtse wijze!

Terug naar Oegstgeest

Terwijl de prachtige 4 meitoespraken van Roxane van Iperen en André van Duin nog zachtjes in mijn hoofd gonsden viel mijn oog op een curieus nieuwsbericht over het CDA in het keurige Oegstgeest. Die partij heeft daar een motie ingediend voor een speciale bewegwijzering door het dorp zodat de daar binnenkort ondergebrachte asielzoekers om een villawijkje kunnen worden geleid als ze onderweg zijn naar het centrum. Sterker nog: het was een van de voorwaarden die de christenen stelden aan het onderbrengen van deze medemensen die op de vlucht zijn voor de honger, oorlog en ellende in hun eigen land. De bewoners van het chique Wilhelminapark zijn nu boos omdat ze worden weggezet als enge PVV'ers en door vriend en vijand zijn overladen met kotsende emoticons.

Volgens hen is het de schuld van de fractievoorzitter van deze partij. Die heeft de boreaal-vriendelijke looproute inmiddels geschrapt. Iemand vertelde mij dat de route oorspronkelijk eindigde op het strand van Katwijk waar een boot klaarlag om ze terug te brengen. Heel Oegstgeest zou de vluchtelingen daar komen uitwuiven.

De geschrokken fractievoorzitter heeft inmiddels gezegd dat het absoluut niet zo bedoeld was, maar stelt nog wel even een verkeersonderzoek in. Waarom? Geen idee. Oegstgeest lijkt me geen metropool waar je radeloos kunt verdwalen.

Ik was absoluut niet verbaasd, maar vond het vooral grappig om dit bericht een dag na de altijd beladen 4e mei te lezen. Ik werd op deze Bevrijdingsdag sowieso op mijn wenken bediend. In Bussum was onlangs na de kakkersrellen op het keurige Willem de Zwijger Lyceum een van de raddraaiers aangehouden door de plaatselijke politie. Zijn Gooise moeder Simone sprak meteen van een razzia. Voor de goede orde: haar zoontje was niet meegenomen door de politie, ook niet opgesloten, maar alleen even staande gehouden. Hij kwam overduidelijk van de plek waar medewerkers van de school in elkaar gebeukt waren. De agent wilde alleen maar even weten hoe dat bloed op die hockeystick kwam. Of zal het jochie met de golfclubs van zijn ouders hebben staan rammen? Maar zijn mama had het dus meteen over een 'razzia'.

Ik zie het kereltje volgend jaar op Minerva of Vindicat samen met zijn vriendjes brallen over het buitenproportionele politiegeweld. George Floyd had het zwaar, maar Floris-Jan was ook door het oog van een zeer hete naald gekropen. Het is pure mazzel dat hij hier nog staat te slempen. Misschien hangt Floris-Jan volgend jaar die vrolijke en uiterst smaakvolle vrijheidsposter van Thierry Baudet voor het raam van zijn studentenhuisje. Sterker nog: Floris-Jan heeft nog in het verzet gezeten. Gevochten voor de vrijheid.

Over vrijheid gesproken. Ajax-hooligans hebben afgelopen zondag geprobeerd om de in coma gehouden coronapatiënten bij de buren in het AMC wakker te schreeuwen. Want anders wisten zij niet dat Ajax met 4-0 van Emmen had gewonnen en kampioen van Nederland was geworden. Ik denk dat de patiënten rustig verder sliepen, maar dat de artsen en verpleegkundigen toch ietwat fronsend hebben gekeken. Het zijn andere tijden: vorig jaar klapten wij nog voor de zorg. En nu moet de zorg klappen voor Ajax.

Over coma gesproken. Ik las dat bepaalde woke types officieel bezwaar maken tegen de sprookjes Doornroosje en Sneeuwwitje omdat de dames wakker worden gekust door een prins. Zonder dat ze daar toestemming voor hebben gegeven. Want ze zijn buiten westen. Seksueel misbruik dus. Verkeerd voorbeeld voor de peuters.

Ik had altijd al bezwaar tegen die verhaaltjes omdat

ze zo verschrikkelijk rolbevestigend zijn. Waarom prikt die Doornroosje zich tuttig aan een spinnenwiel? Ze kan toch ook gewond raken door een klauwhamer die tijdens het slopen van het aanrecht op haar voet valt? En waarom is het zo hetero? Waarom worden de dames niet gezond wakker getongd door een stevige tuinbroekpot met een kleurtje? Wie legt trouwens aan die simpele woke zielen uit dat een sprookje een sprookje is? Dat het verzonnen is. Niet echt gebeurd dus.

En Oegstgeest, Bussum en Ajax?

Dat is wel echt gebeurd. Maar ik geef toe: dat verzin je niet.

Popster op Urk

Is die Haga nog bij elkaar? Of is zijn kompaan Smolders inmiddels ook al voor zichzelf begonnen? En had Thierry nou wel of geen corona? En was collega-Kamerlid Jan Paternotte nou boos op Thierry omdat hij in de wandelgangen een amicaal schouderklopje van de besmette rechtse roerganger ontving of is hij sowieso niet gediend van fysiek contact met iemand uit die hoek? Is het een idee om, als alle maatregelen rond de coronapandemie niet meer nodig zijn, vast te houden aan de gewoonte om een bode de microfoon met een nat lapje te laten ontsmetten? In elk geval na een interruptie van Freek Jansen. En bij de heer Rutte als hij weer eens liegt dat hij niet liegt. Over geheugenverlies gesproken: heeft de politieke paljas Theo Hiddema al gereageerd op de repeterende partijbreuk? Of laat hij het kleuterklasgedoe deze keer aan zich voorbijgaan? Als we het toch over bejaarden hebben: is mevrouw Den Haan nog bij elkaar? Of is die lieverd ook al onderverdeeld in een Lijst Liane en een Hok Den Haan?

Al deze vragen denderden door mijn hoofd toen ik op Hemelvaartochtend in het zonnetje naar de ijdeltuitenpodcast van Thierry en zijn vriend Arie Boomsma zat te luisteren. Een vriendin tipte mij. Volgens haar was het satire van de bovenste plank. En ze had gelijk. Hoogtepunt in dit uurtje topamusement is de bekentenis van Thierry dat hij tijdens zijn verkiezingstournee als een popster ontvangen werd op Urk.

Die laatste regel heb ik drie keer teruggespoeld. Als een popster op Urk. Daarachteraan vertelt hij dat een van zijn beveiligers voor Mick Jagger heeft gewerkt, maar dat deze ervaren man dit soort taferelen nog nooit had meegemaakt. De grond op het diepgelovige schiereiland trilt nog na. Alsof Jezus terugkeerde op aarde. Een soort omgekeerde hemelvaart. Arie luisterde vol ontzag naar zijn vriend en ik voelde als buitenstaander het kippenvel op Arie zijn tattoos.

Omdat de podcast al lang geleden is opgenomen komt de smaakvolle vrijheidsposter die Thierry op 4 mei via het internet verspreid heeft niet ter sprake. Of het moet op het eind van het podcastuurtje zijn geweest. Toen was ik namelijk alweer met iets anders bezig. Waarmee? Of Frank de Boer Wappie Weghorst meeneemt naar het EK en of je die na een doelpunt mag knuffelen?

Ondertussen verheug ik me op maandagavond. Dan wordt het interview van Matthijs met de vijftigjarige Máxima uitgezonden. Ik kijk daarnaar uit. Ten eerste omdat ik Máxima een interessante golddigger vind en vooral omdat ik hoop dat Van Nieuwkerk mocht vragen wat 'ie vragen wilde. Domweg omdat het 2021 is en niet meer 1955. Transparantie! Of zal er toch weer een bibberbange angsthaas van de RVD allerlei zaken hebben afgekeurd? In Noord-Korea zijn ze minder streng als je daar iets aan Kim Jong-un wil vragen. Hier moet iedereen middeleeuws buigen voor deze koninklijke Duitsers. Waarom eigenlijk? Zijn ze zelf ook niet toe aan iets meer humor, avontuur en oergezonde vrijpostigheid?

Op welke vragen ik vurig hoop? Of haar oudste dochter Amalia over haar 1,6 miljoen zakgeld per jaar strafrente moet betalen aan de bank of dat dat voor haar niet geldt? Of laat zij zich adviseren door haar achteroom Bernhard en gaat ze met de zuurverdiende centen huisjes melken?

Andere vraag: Wast Máxima als trouwe echtgenote de jachtkledij van haar man als hij thuiskomt van een gezond middagje zwijntjes schieten op ons Kroondomein? Of doet Willy dat als een echte geëmancipeerde huisman 2.0 zelf? En hoe krijg je dat bloed van die arme beestjes het beste uit zijn kleren? Ariel Pods of gewoon ouderwets Witte Reus op zestig graden?

Ik vind dat leuke vragen en ik vrees dat het voor Max ook weer eens wat anders is. Beetje leven in die brave ballenbak. Misschien heeft ze voor ons ook nog wat culinaire zuigzwijntjesrecepten? Iets met oranjebitter of zo. Dan laten we de vragen over die rare herfstvakantie en die ordinaire speedboot deze keer schieten. Ik heb er zin in.

Grootkruis

Hoe hard mag je lachen als je leest dat onze koning aan zijn vrouw een onderscheiding heeft toegekend? En dat die vierdaagse-medaille ook nog 'Grootkruis' heet. Koning schenkt grootkruis aan zijn vrouw. Volgens mij liggen hele schoolpleinen dubbel van het lachen. Hoe zullen de drie bakvisdochters van het echtpaar zelf gereageerd hebben? Ik geef toe dat het op mijn leeftijd kinderachtig is om iets dubbelzinnigs te denken bij het woord grootkruis, maar zo zit ik nou eenmaal in elkaar. Volgens mijn familie puber ik veel te lang door.

Maar buiten het seksueel getinte woordje mag je je toch echt afvragen of die familie in dat paleis wel helemaal lekker is als ze elkaar dit soort onzin opspelden.

Zelf kom ik uit een rooms gezin en toen wij klein waren vierden we Driekoningen. Dat was op 6 januari, de dag waarop de drie Wijzen uit het Oosten de pasgeboren Jezus in de stal in Bethlehem overladen zouden hebben met goud, wierook en mirre. We aten op deze katholieke feestdag altijd een zogenaamd driekoningenbrood: een krentenbrood met daarin een amandel. En wie van de kinderen de amandel had was voor een dag de koning of koningin. Wat dat inhield? Dat je een dag lang een papieren kroon op je kop kreeg en niet hoefde af te wassen. Dit spelletje speelden we tot we een jaar of zeven waren. Daarna werd het te kinderachtig en hielden mijn ouders ermee op. Wij kinderen vonden dat best jammer, maar mijn moeder was daar overduidelijk in.

Maar het Grootkruis van de Oranjes is dus serieus. Willy gaf hem afgelopen weekend aan Max omdat ze vijftig werd. Schoonzus Laurentien had hem al. Die kreeg hem van haar schoonmoeder toen ze met Constantijn trouwde. Was die Constantijn zo'n lastig kereltje dat zijn vrouw op voorhand al een medaille van zijn moeder kreeg?

Begrijp me niet verkeerd: ik ken meer families die elkaar onderling onzinprijsjes toekennen. Na een potje golf of een spelletje monopoly. Die medailles zijn meestal van aluminiumfolie gemaakt en worden met een grote glimlach uitgereikt en geaccepteerd. Maar om elkaar nou een of ander grootkruis te geven en dat officieel door de RVD bekend te laten maken? Hebben die mensen bij die dienst niks beters te doen? Mag je dat ook weigeren? Dat je daar gewoon geen bericht van wil maken. Dat je dat soort onzin stil wil houden. Ook om het koninklijk gezin zelf een beetje te beschermen tegen mensen die hier lullige stukjes over gaan schrijven. Omdat ze daarna door hun onderdanen keihard worden uitgelachen.

Over stilhouden gesproken: wie ook het een en ander stil had willen houden was de goedertieren mecenas Sywert van Lienden, die het vorig jaar maar niet kon aanzien dat we in ons land een mondkapjestekort hadden. Hij werd er gek van. Dat onze zorghelden in de ziekenhuizen zoveel risico liepen. Als niemand het regelde dan deed Sywert het wel zelf. Voor niks. Noppes. Nada. Zo'n goede jongen!

Woensdagavond zag onze weldoener Sywert ongetwijfeld de cowboybeelden bij Broek in Waterland waar Franse en Belgische criminelen met tientallen buitgemaakte miljoenen werden ingerekend door heldhaftige agenten. Twee criminelen raakten gewond en een kwam om het leven. Sywert dacht waarschijnlijk: stelletje losers! Waarom zoveel risico? Die miljoenen kan je zoveel makkelijker verdienen. Zonder kalasjnikovs of ander wapentuig. Gewoon bij een notaris een paar stichtingen en wat bv'tjes oprichten. En daarna je handel verpatsen aan een minister, die op dat moment te druk is met andere dingen en die redelijk wat paniekmiljarden overheeft.

Met een uitgestreken smoel in alle kletsprogramma's de charitatieve christenbroeder uithangen en ondertussen je zakken vullen. Zucht.

Over onderscheidingen gesproken. Ik hoop dat de Amsterdamse agenten, die woensdag met gevaar voor eigen leven dat weiland in renden, komende Koningsdag iets opgespeld krijgen. Of bedenken we een medaille voor onze Sywert? Omdat hij iedereen grootschalig genaaid heeft. Hoe zullen we die onderscheiding noemen? Grootkruis? Geen slecht idee.

Pandemiemoe

Dus de spelers van het Nederlands voetbalelftal die uiteindelijk toch niet mee mogen naar het komende EK kregen dat deze week te horen via een app. Of eigenlijk te zien. Een app kan niet praten. Maar de bondscoach dus ook niet. Vandaar die app. Zal hij die zelf gestuurd hebben of laat hij dat aan zijn rechterhand over? Of heeft die rechterhand ook weer een rechterhand die dit soort klusjes klaart? Ik weet dat de bondscoach een grote staf om zich heen heeft en al die types hebben natuurlijk een eigen taakje. De een regelt de pylonnen op het trainingsveld, de tweede is verantwoordelijk voor schone hesjes, nummer drie zorgt dat er in Portugal pindakaas op tafel staat en de vierde man houdt zich bezig met het vervoer. Die laatste zou ik willen adviseren om niet voor Ryanair te kiezen. Die zijn wel goedkoop. Voor 74 cent vlieg je van Eindhoven naar Londen, maar ze willen onderweg nog wel eens van bestemming veranderen. Arme Pratasevitsj.

Maar de afgevallen spelers kregen dus een appje. Of

ik verbaasd ben? Nee hoor. Binnen het foebal verbaast niets mij meer. Als iemand mij vertelt dat de trainer van Barcelona veertien dagen nagelbijtend moet wachten, terwijl de voorzitter op zoek is naar een betere Koeman, dan geloof ik dat. En als die voorzitter verzonnen medische informatie over de trainer de wereld in toetert dan geloof ik het ook. Misschien moet die Sywert van Lienden voorzitter van Barcelona worden. Of kiest hij liever voor Booking.com?

Het spel kan niet smerig genoeg gespeeld worden. In de voetbalwereld wemelt het van de Loekasjenko's. En als Zinedine Zidane de opvolger van Koeman is en dat hij daarom deze week wegliep bij Real Madrid? Ik geloof dat. En als ik hoor dat José Mourinho het uiteindelijk gaat doen? Dan geloof ik dat zeker. Ook al zit hij net bij AS Roma. Dat zegt niks. Zeker niet in het geval van Mourinho. En als ik morgen lees dat Koeman de uiteindelijke uitslag of hij mag blijven of moet oprotten via een appje heeft gekregen dan zal niemand mij horen zuchten. Ik kijk helemaal nergens meer van op. Ook niet van de bank die deze week 80 miljoen moet aftikken omdat ze de FIFA hebben geholpen bij het rommelen met smeergelden. Na Qatar is alles mogelijk. En of in dat oliestaatje de slaven nog steeds gestaag van de steigers storten? Natuurlijk wel. Dat was een paar maanden geleden nieuws, maar inmiddels gaat het martelen vrolijk verder.

Net als dat ik niet meer schrik van het nieuwsbericht dat voetbalsupporters een politiebusje in de fik probeerden te steken terwijl daar nog agenten in zaten. Dat die eventueel levend gecremeerd werden? Dat was dan jammer. Hadden ze maar geen politieagent moeten worden. De supporters waren boos omdat hun club verloren had en daarom nog een jaartje in de keukenkastjesdivisie moet scharrelen. Dat is heel erg als je dat als supporter mee moet maken. Ondraaglijk zelfs. Dat is echt wel een paar dode dienders waard.

De kracht van voetbal. Op mijn televisie zie ik de man van de Snollebollekes namens Jumbo met een oranje juichcape in de weer en ik realiseer me dat hij op dit moment De Slimste Mens van ons land is. Ook begrijp ik dat je bij Bavaria een zeer onsmakelijk voetbalbroekje kan scoren. Het is bedacht. Het is verzonnen. Het is gemaakt. En het wordt uitgezonden. Dit is nog maar het begin van de oranje reclametsunami en daaraan zie je haarscherp wat de stand van ons land is.

En ik vrees dat het erger wordt dan ooit. Iedereen is namelijk pandemiemoe en het hele land staat dan ook op springen. De huizen en straten worden feller oranje dan bij vorige kampioenschappen, alle wangen krijgen wettelijk verplichte rood-wit-blauwe vlaggetjes en geen miljoen boa's houden de feestende meute in toom. Zelfs Femke is voor grote schermen in de stad. En nu maar hopen dat het ook voetballend gaat lukken. Of ik ga kijken? Ik twijfel. Als ze kampioen zijn stuur je me maar een appje.

Fout zonder oorlog

Zal Sywert van zijn negen miljoen al een stukje woestijn hebben gekocht waar hij de rest van zijn leven anoniem kan slijten? Willem Engel weet hoe je zoiets financiert. Ach ja, onze barmhartige Sywert regelde dus honderd miljoen euro rechtstreeks bij Hugo. Via een appje. Geklofte christenen onder elkaar. En niet onbelangrijk: Sywert had ook nog een heuse prins achter zich. Een officiële Oranje zelfs. Nee, niet die enge Amsterdamse vastgoedbril, maar het broertje van onze koning. Deze prins was trouwens de laatste in zijn familie die tot nu toe nog een beetje betrouwbaar overkwam. En Sywert was op een af andere manier ook nog heel geniepig in het hol van Pieter Omtzigt gekropen. Omtzigt is de prins Constantijn van het CDA.

Waarom Sywert zoveel kreeg? Hij nam het op voor de zorghelden, die tegen een schijtsalaris 24/7 rond de piepende patiënten op de IC scharrelden. Met twee vriendjes kon hij de broodnodige mondkapjes leveren. Die vriendjes waren deskundigen. De een is een financiëel genie omdat hij altijd met monopoly wint en de ander is de Chinakenner bij uitstek omdat hij al jaren op zondagavond babi pangang bij de plaatselijke afhaalchinees bestelt. Hij weet zelfs uit zijn hoofd welk nummer dat op de kaart is. 321! Nou, dan weet je iets van China.

De zus van de neef van de broer van de vrouw van de Chinese restauranthouder kende iemand met een tweedehandsmondkapjesfabriek, waar duizenden Chinese kleuterhandjes deze maskertjes in elkaar friemelen. Dus die dingen konden niet veel kosten. Er kon wel wat gif in de kapjes zitten, maar een kniesoor die daarop let. Die kleuters leven ook nog, dus het zou wel meevallen. Het ging nu om de levens van onze zorghelden. Die van dat schijtsalaris.

De man van de zus van de neef van de broer van de vrouw van de Chinese restauranthouder zou de kapjes leveren, maar wilde wel eerst een aanbetaling. Deze 'geldwolf' werd door het weldoenerstrio heel gevat Ping-Ping genoemd. Dit vonden ze zelf ongelooflijk geestig.

Sywert meldde zich bij Hugo, die op dat moment druk was met het doodkistentekort. De aanbetaling was geen probleem. Sterker nog: de honderd miljoen werd meteen in zijn geheel overgemaakt. Dan was dat vast klaar.

Ping-Ping vroeg uiteindelijk maar tachtig miljoen.

Er zat namelijk toch wat meer rommel in de kapjes. Kankerkorting dus. Nu zaten ze met zijn drieën met 20 miljoen in hun mik. Dat werd eerlijk delen. Sywert kreeg iets meer omdat hij de belangrijke politieke telefoonnummers geleverd had. Daarna moesten ze alleen nog even met de KPMG bellen om alles gluiperig te maskeren via de zogenaamde Bonomethode. Kortom: goed fout zonder oorlog en niemand zou erachter komen.

Maar dat kwam men dus wel. Een paar slimme *Volkskrant*-journalisten openden het vuur en de jongens van Follow the Money rondden het deze week keurig af. Geestig dat een van die mannen Strop heet. Een naam die Sywert nog lang zal heugen. Die wil zich er nog uit liegen, maar elk woord hierover vergroot de vlek alleen maar.

En nu? Nu zijn er binnen het CDA leden die Sywert willen royeren, terwijl de afdeling Limburg hem juist tot erelid wil benoemen. Verder rest de vraag: hoe krijgen we die 20 miljoen terug?

Volgens mij is dat simpel. We geven hem gewoon die veertig miljoen onbruikbare kankerkapjes terug en eisen van hem honderd miljoen euro. De schade regelt hij maar met Ping-Ping. Als hij ons maar terugbetaalt. Geen twintig, maar honderd. En dat geld geven we dan aan Sywert zijn zorghelden.

En als ie dat niet doet? Dan gaan we dat geld gewoon bij hem halen. Met heel verpleegkundig Nederland voor zijn deur staan joelen tot hij de biljetten huilend van zijn balkonnetje gooit. Misschien wil er een prins mee? En na de goede afloop voegen we dit bizarre Nederlandse horrorsprookje toe aan de Efteling, die toch wil uitbreiden. En die attractie noemen we dan Luilekkerland. Het wordt een achtbaan waar iedereen straalmisselijk uitkomt. Kotsheuvel dus.

Ruig van de richel

Begrijp ik nou dat de nieuwe dierenwet in eerste instantie voorschreef dat geen enkel beest de mogelijkheid mag worden ontnomen om natuurlijk gedrag te vertonen? Inmiddels is dat teruggedraaid omdat Dion Graus daar iets te enthousiast op reageerde. Alle vrouwen rond het Binnenhof werden bloednerveus toen ze het kwijl uit de mond van de bronstige PVV'er zagen druipen. 'Ruig van de richel' noemt Wilders zijn collega steevast op feestjes. De vroegere mevrouw Graus vertelde op het Haagse hondenveldje dat haar ex zelfs de stofzuiger nog misbruikte. Maar iedereen weet: exen moet je nooit geloven.

Hoe is er bij het CDA op deze wet gereageerd? De leden van het Christen Democratisch Appèl willen vast duidelijkheid of de 'teringhond Omtzigt' aangelijnd mag worden en of ze hem een muilkorf mogen aanmeten. Want dat is de enige manier om het zinkende CDA nog te redden. Hoewel? Volgens mij is het sowieso te laat en tikt dit politieke partijtje binnenkort kansloos de zeebodem aan, waarna niemand het vermolmde wrak nog wil bergen.

Zelden een club gezien die zichzelf zo enthousiast naar de ratsmodee heeft geholpen. Wat heeft die Omtzigt ze op dit moment schitterend in de houdgreep. Paar maanden geleden was dat anders. Toen zat partijgluiperd Sywert enthousiast te schrijven aan het humane verkiezingsprogramma, terwijl de rest van de partijbobo's hitlersnorretjes tekende op het gezicht van de veel te principiële Tukker. Op dat moment had Hugo van Pieter gewonnen. Wel nipt en met hulp van tweedehands sjoemelsoftware die geleverd was door een achterneef van onze Sywert, maar dat is iets voor kniesoren. Bijna was de fraude uitgekomen omdat mevrouw Omtzigt werd bedankt voor haar stem op Hugo. Gelukkig werd er net op tijd een onafhankelijke deskundige gevonden die met zijn hand op zijn gelovige hart kon verklaren dat alles volgens de regels was gegaan. Deze deskundige was een dispuutsgenoot van onze Sywert, die op dat moment als kakelverse miljonair al genoot van zijn overvolle bankrekening. Een genot dat hij behalve met zijn *partners in crime* Bernd Damme en Camille van Gestel met niemand kon delen. Gisteren hoorde ik dat die Bernd Damme tegenwoordig door zijn vrienden Gadver wordt genoemd. Hopelijk levenslang. Dat hij die bijnaam later rustig aan zijn kinderen mag uitleggen.

Even iets anders: is onze Sywert al de partij uitgetrapt nu hij met het schaamrood op zijn gereformeerde kaken aan Twan Huys heeft opgebiecht hoe smerig hij de boel belazerd heeft? Of vindt er eerst een intern onderzoek plaats? Net als naar het feit via welke prominente CDA'ers Sywert zijn centen heeft binnen geharkt. En misschien is het ook handig dat ze intern onderzoeken wat er waar is van de roddel dat de partij van obscure sponsors een miljoen heeft gevangen in ruil voor gunstige toezeggingen van Wopke. Er is vast wel een broer van Sywert die daar eens naar wil kijken. En misschien is er ook nog wel een zwager van Van Lienden die objectief wil nagaan wie Pieter nou precies voor labiele psychopaat heeft uitgemaakt. Het zou ook een mooi klusje voor de werkloze Camiel Eurlings kunnen zijn. Bij hem is het verval uiteindelijk begonnen.

Inmiddels begrijp ik dat partijleider Wopke heeft gezegd dat het intern allemaal goed komt. En andere partijleden laten zachtjes doorschemeren dat Pieter ziek is. Meer zeggen ze niet, maar we voelen wat ze bedoelen. Pieter is ziek. Doodziek.

Persoonlijk denk ik dat die Pieter de gezondste van het hele zootje is. En dat weten ze binnen het CDA zelf ook wel. Nu is het alleen de vraag hoe ze hem een beetje fatsoenlijk kunnen ruimen. Ik denk dat dat niet gaat lukken. Ze hebben gewoon de verkeerde te pakken genomen en dit door Pieter gelekte document betekent de absolute doodsteek voor de partij. Heeft Sywert zijn partijprogramma zomaar 'om niet' geschreven. Dat is pas zielig. Zal hij dit weekend dat gejatte geld teruggeven? Dat gerucht gaat.

Kom op Sywert, wees een echte kerel en doe het. Als Amalia het zelfs kan.

Zeurpieter

Sywert is geen CDA-lid meer. Zal hij een halfjaar contributie terugvragen? Ik denk het wel. Uit de persverklaring begreep ik dat onze nationale mondkapjesweldoener zelf is opgestapt bij de partij. Op die verklaring was overduidelijk een paar uurtjes juridisch gepuzzeld. Uit niks mocht namelijk blijken dat de fraudeur er gewoon uitgeflikkerd is. Nee, de oplichter is zelf opgestapt. In het belang van het CDA dat het op dit moment toch al zo moeilijk heeft. Sywert is gewoon te goed voor deze wereld. Ook was er nog even in het persbericht gemoffeld dat hij het tegen de integriteitscommissie van de partij wel degelijk over zijn graaimiljoenen had gehad. Maar tegen een andere integriteitscommissie dan de officiële integriteitscommissie.

Het CDA is namelijk zo integer dat er meerdere integriteitscommissies zijn. Zoals ze ook meerdere rekeningen hebben waarop ze hun sponsormiljoenen ontvangen. Was trouwens ook weer schitterend hoe ze zich daar deze week uit moesten kronkelen. Iets met een miljoen euro, gestort door de fondsenwerver zelf, precies op het moment dat ze het niet aan het ministerie hoefden te melden. Een zwaar christelijk schimmenspel dat volgens Wopke volledig transparant en eerlijk is. Ik hoop voor deze types dat hun god geen goed geheugen heeft.

Vorige week zat ik met CDA-prominent Mona Keijzer in een televisieprogramma en ik vroeg haar waarom die Sywert niet onmiddellijk de partij uit gelazerd was? Hij heeft zijn criminele gedrag inmiddels zelf toegegeven en meneer weigert het gestolen geld terug te geven aan de rechtmatige eigenaar. Als je als politieke partij een beetje fatsoen wil uitstralen naar je leden en je kiezers, dan schop je dit soort gajes toch onmiddellijk je tent uit?

Met een mond vol meel antwoordde Mona dat er eerst een intern onderzoek moest komen en dat er natuurlijk ook nog partijstatuten waren. Het CDA houdt zich graag aan de regels. Maar de crimineel had zelf bekend? Weer kreeg ik een pakhuis pannenkoekenmeel van deze Volendamse bierkaai over me heen en was blij dat ik mijn liedje mocht zingen. De volgende dag trof ik in mijn mailbox de partijstatuten en daar staat overduidelijk in dat je dit soort tuig onmiddellijk kan verwijderen. Daar hoef je geen seconde over te vergaderen. Maar inmiddels is Sywert dus met zachte hand geëlimineerd. Hij werd nog bedankt voor zijn bewezen diensten. Hij heeft iedereen zo goed leren liegen.

Mona had het op tv ook nog even over Pieter Omtzigt, die het zinkende schip heeft verlaten. Zo jammer. Zo verschrikkelijk jammer. Zo ontzettend verschrikkelijk jammer. Dat vindt niet alleen Mona, maar de gehele partijtop. Mona had trouwens nog wel de confetti in d'r haar van het spontane feestje dat op het partijbureau ontstaan was toen zeurpieter de deur definitief achter zich had dichtgetrokken. Een jolig lid had diep in de nacht een dronken speech gehouden namens de actiegroep Sodepieterop. Na afloop is aan iedereen gevraagd de beelden van deze toespraak te wissen.

Wel weer leuk dat er binnenkort een extra CDA-congres komt. Helaas zonder Sywert, maar met mij. Ik heb me inmiddels als lid gemeld en ga zeker even kijken. Druk zal het er niet zijn. Wie wil daar nog gezien worden? Wat voor vragen ik ga stellen? Ik wil weten welke paragrafen in het verkiezingsprogramma door Sywert zijn geschreven. En of de goeierd ook geld in de verkiezingskas heeft gestort? Hij had die negen miljoen namelijk toen al op zijn rekening. En ik wil weten welke CDA'ers hem geholpen hebben bij het doordrukken van de smerige mondkapjesdeal van niet alleen Sywert, maar ook van zijn misdadige kompanen Bernd Damme en Camille van Gestel. Namen die niet onbenoemd mogen blijven. Het lijken me gezellige congresvragen.

Of zal ik kort en krachtig vertellen over Ghislaine

Maxwell, de rechterhand van misbruikmiljardair Jeffrey Epstein, die deze week klaagde dat haar cel zo naar stront stonk? Onhoudbaar zelfs. Een verschrikkelijke putlucht maakte haar kotsmisselijk. Hoe die lucht daar kwam? Mevrouw had zelf de plee niet doorgetrokken.

Met deze laatste levenswijsheid mogen ze doen wat ze willen.

Wijnzolder

Hoeveel water er in mijn kelder stond? Een halve meter. Niet door een lekkend dak of poreuze muren, maar door het grondwaterpeil dat na de goddeloze zondvloed van vorige week flink gestegen was. Inmiddels weet ik alles van dompelpompen, ringdrainage, waterstofzuigers en is me door klimaatkenners duidelijk gemaakt dat ik er maar aan moet wennen. Dit zal nog veel vaker gebeuren. Ik overweeg een wijnzolder.

Volgens een vriend moeten we massaal maatregelen nemen en moet ik sowieso elektrisch gaan rijden. Trouwens schande dat ik dat nog niet doe. Ik schaam me diep en heb inmiddels aan die vriend beloofd dat ik een elektrische auto ga kopen. Hoewel een door de wol geverfde automonteur mij dat onmiddellijk heeft afgeraden. Die auto's staan namelijk stijf van de kinderziektes waar ze niet tegen gevaccineerd kunnen worden. Daarbij las ik gisteren dat door te veel laadpalen het elektriciteitsnet te zwaarbeladen is en dat we binnenkort massaal in het donker zitten. De levering van een laadpaal duurt bijna acht maanden. Dus ik wacht nog even.

Wel overweeg ik om alleen een oplaadsnoer aan mijn tankdop vast te maken omdat bij mij in de buurt de oplaadplekken de enige vrije parkeerplekken zijn. Laatst zocht ik zo lang naar een plek dat ik halverwege de zoektocht moest tanken.

Gister stond ik de laatste liters grondwater uit mijn huis te scheppen toen ik een berichtje ontving. Mijn Franse vakantiehuis, waar we komende week in zouden gaan, werd afgezegd. Berichtje kwam van de eigenaar. Ik vroeg hem waarom? Hij had een ander. Maar ik had geboekt en betaald en... Het was niet anders. Ik vroeg nog of deze oplichter Sywert heette, maar kreeg daarop geen antwoord. Hij reageerde nog wel op de vraag hoe het met mijn geld zat. Dat kreeg ik terug. Althans dat schreef hij.

Boos belde ik het Franse huisjesbedrijf met de vraag of zij deze Amsterdamse vakantienomade en zijn vrouw aan een ander onderkomen konden helpen. Ik kwam in een wachtrij. Om de halve minuut werd ik optimistisch toegesproken door een mevrouw die een halfuur lang volhield dat de wachttijd nog één minuut was. Toen ik eindelijk aan de beurt was werd de verbinding spontaan verbroken. Bij de tweede poging gebeurde hetzelfde na 27 minuten. Op de site van de melker kon ik een klacht indienen, zij het dat er uitsluitend voorgeprogrammeerde problemen stonden vermeld en niet die van een onbetrouwbare eigenaar die zes dagen van tevoren afzegt.

Via een andere site kwam ik bij een huisje dat zowaar nog vrij was. Deze site wilde alles van me weten. Zelfs hoeveel liter water er in mijn kelder stond. Ze weigerden mijn creditcard. Na wat financieel geharrewar en het verkopen van mijn laatste cryptoshit aan een paar inhalige domoren was mijn saldo toereikend. Toen bleek het huisje verhuurd. Ondertussen wenste de Franse site van het eerste huisje mij een prettige vakantie en probeerde me nog wat gezellige toeristenuitjes in de buurt aan te smeren. Ook mocht ik een enquête invullen. Of ik tevreden was? Inmiddels heb ik het opgelost met twee andere huisjes en voor twee dagen de laatste hotelkamer zonder ramen. In een vochtige kelder.

En nu maar hopen dat ik daar voetbal kan kijken. Dat dat ook weer niet achter een of andere schimmige Franse betaalzender is gefrommeld. Of opgekocht door de net door RTL geredde John de Mol. Vindt u het ook zo zielig voor deze Nederlandse televisietycoon dat zijn volkszender SBS compleet mislukt is? Als dat knikkerspelletje maar blijft. Liefst met zinderend commentaar van Jack van Gelder. Dan ben ik in één klap van mijn depressie af.

Maar nu even de echt belangrijke zaken. Het EK voetbal. Want dat bezorgt ons weer heerlijke weken. Wat ik hoop? Uiteraard dat Nederland Europees kampioen wordt door in de finale de Fransen te vermorzelen. Liefst met een nulletje of vijf. Daarna stuur ik een treiterberichtje naar de eigenaar van het eerste huisje waarin ik die oplichter helemaal verrot scheld. Even een vraag: wat is Sywert in het Frans?

Keihard fietsen!

Natuurlijk was het humor geweest als de KNVB een minuut na het kansloos verloren potje tegen de Tsjechen een appje naar Frank de Boer had gestuurd waarin ze hem succes wensen bij zijn nieuwe club UWV. Ik denk dat Frank dat wel had kunnen waarderen. Net als dat we de spelers best willen prijzen voor hun solidariteit met de Hongaarse homo's, maar dat het 'spelen als mietjes' nou net weer iets te veel van het goede was. Sowieso bijzonder dat het voor de wedstrijd meer ging over de aanvoerdersband van Wijnaldum dan over de te volgen tactiek. Dat belooft wat in Qatar. Daar hebben we aan één aanvoerdersband niet genoeg. Zeker niet als we alvast onze excuses willen aanbieden voor het 'slavernijheden' in die gloeiende zandbak. Of doen we dat pas over een paar eeuwen als iedereen dood is? De vraag is of we Qatar überhaupt gaan halen. Eerst een deskundige bondscoach. Zullen we aan Truus vragen of we Louis nog een keer mogen lenen? Uit landsbelang! Van Gaal is namelijk de enige met wie we nog een beetje kans maken. Of gaan we voor die Duitse kruiskrabber Löw? Nee toch?

Het was niet de week van nationale pispaal Frank de Boer en zeker niet die van die arme Kiki Bertens, maar ook niet die van mevrouw Kaag die van een of andere hork van de PVV te horen kreeg dat zij zich graag omringt met terroristen. De man die dat zei werd niet teruggefloten door plaatsvervangend Kamervoorzitter en partijgenoot Bosma, die later verklaarde: 'Geen probleem. Zolang Graus in de Kamer zit mag alles!'

Kaag had trouwens wel wat anders aan haar blonde hoofd dan rechts onderbuikgereutel. Namelijk haar door de VPRO verzorgde reclamespot van begin januari. Verkocht als onafhankelijk journalistiek product waarover iedereen zich inmiddels het schompes heeft gelogen. Partij, ministerie, NPO-baas, producent, documentairemakers en Kaag zelf. Ik hou van dit soort ontmaskerende relletjes. Zeker als het om de integere deugmeuk gaat. Dat zo beschaafde D66. Het meest gênante is in dit geval het bedragje dat Sigrid heeft overgemaakt naar Veilig Verkeer Nederland omdat ze in de dienstauto haar gordel niet droeg. Zo'n goedmakersfooi van 200 euro. En dan maar denken dat wij haar daarna opeens wel geloven. Dit krenterige douceurtje wint het qua treurigheid nog van de overvolle champagneglazen in het hongerlijdende Niger. Niejèèèèr volgens Sigrid. Waarom moest dat zuipfestijn in godsnaam uit de docu? Ze dronk het toch? Was mooier geweest als ze het daar ter plekke had geweigerd. Voor de camera! Dan heb je geen glibberig glijteam nodig dat steeds je egobeeld moet bijvijlen. Want er wordt wat geknutseld aan deze dame. Zij liep op last van haar campagneteam toch ook op All Stars om haar een hipper imago te geven? Dat je het je als zogenaamd volwassen politica allemaal laat aanleunen?

Ik schrijf dit stukje een beetje lacherig in Bordeaux en heb ontdekt: hoe verder van huis hoe harder je om je landje gniffelt. Gister vroeg ik aan een taxichauffeur waar ik hier een beetje vrolijk naar het EK kan kijken?

'Nergens,' antwoordde hij, waarna ik hem troostte met de mededeling dat ik uit les Pays-Bas kwam. We maakten ons vrolijk om de missende Mbappé, de blunderende Pogba, ons wisselwonder Frank en handballer Matthijs.

Ik dacht: misschien moeten zij allemaal een door de NPO geproduceerde goedmakersdocu krijgen. Een docu waar je als hoofdpersoon oneindig aan mag sleutelen zodat je uiteindelijk als ideale held of heldin triomfeert. Of kan het ook zonder? Zoals Mathieu van der Poel, die het machteloze Tourpeloton al dagenlang zijn achterwiel laat zien. Gewoon fietsen. Keihard fietsen. Doen waarvoor je op de aarde bent. En bij je eerste gele trui een ontroerend seintje naar je dooie opa, die dat tricot nooit heeft mogen dragen.

Dat ene vingertje naar boven. Naar de onvergetelijke Poulidor. Dat vingertje zegt meer dan een bord van een mislukte trut met daarop Allez Opi-Omi. Fietsen moet je in het leven. Keihard fietsen. En niks anders!

Eigenaardig

De Rotterdamse meneer die naar Amsterdam toog om een eind aan het leven van Peter R. de Vries te maken is op de terugweg samen met zijn Poolse chauffeur aangehouden bij de afslag Leidschendam. Ik vind dat opmerkelijk omdat de aanslag een paar honderd meter van mijn huis plaatsvond en ik dagelijks uren op de Prinsengracht klem sta in een file achter een van de vele pakjesboeren, die bij minimaal zeventien buren aan moeten bellen eer zij hun pakketje kwijt kunnen. Kortom: de Pool en de rapper hebben geluk gehad dat ze niet al veel eerder zijn ingerekend.

Van zijn buren uit Maurik begrijp ik dat de Pool amper Nederlands spreekt. Hoe zal dat tussen de chauffeur en de rapper gegaan zijn in die zilverkleurige auto onderweg naar hun fijnzinnige klusje? Waar hadden ze het over? Wat vroegen de mannen aan elkaar? Heb je kinderen? Wat zijn je hobby's? Nog vakantieplannen? Wie gaat er vanavond winnen? Italië of Spanje? Hebben ze geen seconde overwogen om terug te gaan? Niet gedacht aan hun vrouwen? Hun kinderen? Hun ouders?

Of was dat zielig voor de moordmakelaar? Lekker vak. Dat zet je niet op een bordje in je tuin. Ik denk ook niet dat zo'n man een website met tarieven heeft. Moordmakelaar! Er zijn dus mensen die dat op een dag worden. Of ben je het opeens? Van wie leer je het? Wanneer vertel je aan je ouders dat je eindelijk maatschappelijk geslaagd bent? Papa, ik ben moordmakelaar!

Terug naar dinsdag: ik maakte me op mijn Franse vakantieadres vrolijk over een foto van een soort schoolreisje. Lex en Max in Duitsland. Ze daalden van een vliegtuigtrap met in hun kielzog de ministers Sigrid, Hugo en Ank. De laatste had een vrolijk hoedje opgezet. Ik vroeg me af hoeveel *fasten-your-seatbelt*-grapjes er voor vertrek tegen Kaag gemaakt zijn. Vorige week vergat ik haar nog te vertellen dat Italianen ook een bloedhekel hebben aan het dragen van de autogordel en dat je in Napels T-shirts kunt kopen waar de gordel al op gedrukt is.

Napels de heerlijke stad waar de maffia het al jaren voor het zeggen heeft en waar je in een drukke straat zomaar voorgoed omver kan worden gekegeld omdat je te veel weet of te veel gepraat hebt. Dan moet je slapen.

Ik keek nog steeds naar de vliegtuigtrapfoto en vroeg me af of het keurige gezelschap toen al wist dat ze 's avonds een vorkje zouden prikken met Sylvie Meis, die was uitgenodigd voor het officiële staatsbanket. Waarom? Om de avond nog enig cachet te geven? Begreep later dat Syl d'r jurk te bloot was. Ja, dat kan een serieus probleem zijn op dat soort avonden.

Eigenlijk was ik in de krant onderweg naar de sportpagina om me goed voor te bereiden op de halve finale van die avond. Ik had er zin in. Vooral in het volkslied van de Italianen. Als ze dat brullen vanuit de zolen van hun kicksen weet je al dat ze gaan winnen.

Toen ging de telefoon. En die van mijn vrouw. We hoorden paniek. Peter. Neergeschoten. Lange Leidsedwarsstraat. Daarna verdween ik snel in de jungle van het internet. Twitter, nieuwssites, NOS Journaal. En ik werd gebeld. Of ik hem kende? Ja, maar net als iedereen. We zaten niet ver van elkaar af in de Arena. En als ik in een talkshow zat was hij er toevallig ook. Want hij is al jaren elke avond twee keer op tv. En hij was ooit bij mijn voorstelling in Carré. Toen hebben we elkaar na afloop gesproken. Maar is dat kennen?

Wat ik van Peter vind? Ik vind hem eigenaardig. Met nadruk op 'eigen' en 'aardig'. En in mijn ogen is hij moedig. Misschien wel overmoedig. Steeds dacht ik: dit loopt een keer verkeerd af. Dat las je terug in de eerste reactie van zijn zoon, die schreef dat hun grootste nachtmerrie werkelijkheid is geworden.

Wie er zondag in de finale spelen? Het kan me helemaal niks schelen. Ik fluister alleen maar zachtjes: 'Hup Peter!'

Donderdag des Oordeels

Het schijnt dat de doventolken vorige week vrijdag hebben overwogen om tijdens de persconferentie van Mark & Hugo hun werk te staken om daarna lekker naar huis te gaan. Door alle uitgebraakte onzin van ons nationale pandemieduo raakten de vingers van de dames totaal in de knoop. Of zoals Irma het later zei: 'Op een gegeven moment deed alleen mijn middelvinger het nog en dacht ik: die steek ik nog één keer op naar deze twee malloten en daarna ga ik lekker weekend vieren in Disco Dolly.' Kenners weten dat deze Amsterdamse uitgaansgelegenheid het voormalige studentenwalhalla Dansen bij Jansen is.

Inmiddels is ons land weer het meest diepdonkerrode deel op de wereldcoronakaart. Dat is ronduit knap en zeker een felicitatie waard. Goed dat we die veertig miljoen mondkapjes van Sywert nog ergens in een magazijn hebben liggen. Ook al zijn die zo inferieur als het kantoor van onze landsadvocaat Pels Rijcken, het is handig dat ze er zijn.

Worden die Sywert van Lienden en zijn vriendjes Camille en Bernd eigenlijk nog gedwongen om hun gejatte geld terug te betalen? Of laten we het hierbij? Er staat binnenkort toch wel een nieuwe Peter R. de Vries op die zijn tanden in dit ranzige smeerlappentrio zet? We hebben het over bijna dertig miljoen hè! Er bestaat toch een zogenaamde Plukze-wet waarmee je gestolen geld en goederen kunt afpakken? We gaan dit smadelijke akkefietje toch niet laten verslonzen? Nogmaals: dertig miljoen. Dat geven we dan gewoon aan de verpleegkundigen, die de komende maanden weer stevig aan de bak schijnen te moeten. Waarom? Moet je aan die snuggere Hugo vragen.

Donderdag dacht ik dat het gebeurd was met de wereld. Of in elk geval met ons land. Het einde der tijden. Enkele vrienden, die twee keer gevaccineerd zijn, werden getroffen door corona, het Limburgse water klotste gulzig uit mijn mobiel en datzelfde apparaatje vertelde me dat de onverschrokken Peter was overleden. Het is klaar, dacht ik. God maakt er een eind aan. Genoeg gefeest. Hij of zij gaat zich richten op een andere planeet waar de bewoners het leven wel respecteren.

De rest van de donderdag las, zag en vrat ik hier in Frankrijk alles wat met Peter te maken had en ik was het met iedereen eens. Goeie gozer. Eerlijk. Duidelijk. Zomaar uit de weg geruimd. Kapotgeschoten. Ik dacht ook nog aan de ware woorden van de vader van

Derk Wiersum. Helderder kan de troosteloze situatie van dit moment niet geschetst worden. Maar komt er een eind aan deze hel? Of is dit het moment dat de Jehova's getuigen ons al jaren beloven?

En nu stopt Arjen Robben ook nog eens met voetbal. Hij neemt een voorbeeld aan het Nederlands elftal.

Vanavond gaat iedereen gewoon stappen. Ook rond het Leidseplein. En een deel zal gaan pootjebaden in de bloemenzee voor Peter. Daartussen staan ook heel wat mensen met een gepoederde neus of met een lijntje op zak dat nog geconsumeerd gaat worden. Dat vind ik een interessant idee. Of ik hiermee wil zeggen dat alle cokesnuivers medeplichtig zijn aan deze moord? Nee, natuurlijk niet. Maar de combinatie van de bloemen en het lijntje. Ondertussen is de studio van RTL *Boulevard* in die buurt opgedoekt. Te gevaarlijk. Iemand schreef op Twitter dat hij een paar dagen zonder *Boulevard* best verfrissend vond. In mijn ogen een onschuldig grapje dat een bloedserieuze situatie enigszins draaglijk maakt. Vroeger heette dat relativeren. De maker van het grapje kreeg onmiddellijk de hele wereld over zich heen en verwijderde de tweet. Binnenkort wordt de bloemenzee weggehaald zoals dat gaat met dit soort bloemenzeeën. RTL *Boulevard* legt daarna gewoon weer uit dat de jurk van de koningin schitterend kleurde bij het Valkenburgse water.

Ik staar over de Atlantische Oceaan en denk aan de ontroostbare familie van Peter, terwijl ik me afvraag of er een rijke stinkerd is die mij mee wil nemen in zijn raketje? Gewoon voorgoed het heelal in. Verdwijnen in het oneindige niets! Hoewel? Ik heb vliegangst.

Vaccinatiecarnaval

Deze week lag ik te lezen aan de Atlantische Oceaan. Een Nederlandse jongen werd door een geïrriteerde Franse meneer aangesproken op het feit dat hij het stokje van zijn zojuist verorberde waterijsje in het zand gooide. De Fransman wees hem op de prullenbakken en sommeerde hem het stokje daarin te deponeren. Ik vond het een grappig, enigszins ouderwets voorval. De aardige jongen, die hier met een groep vrienden is, vond dat ook. Ik legde hem later uit dat dit strand onderdeel is van een bijzonder natuurgebied en dat de bewoners daar godvergeten trots op zijn. En zuinig. Niemand laat iets achter. Het is elke avond brandschoon. Geen Vondelpark na een dag mooi weer.

Ik waarschuwde de jongens nog even vaderlijk voor de levensgevaarlijke oceaan, die hier veel slachtoffers maakt en ik wenste ze een prettige vakantie. Later vertelde ik een tikje balorig aan mijn vrouw dat de jongens uit welgestelde Nederlandse gezinnen kwamen en dat ze vanavond op de boulevard een onschuldige jongen zouden gaan doodslaan. Uiteraard nadat ze iets hadden gedronken. Ze hadden al geoefend in het Belgische Knokke. Ik had nog wel aan de kakkertjes gevraagd of ze niet bang waren voor de consequenties, maar ze kenden via hun ouders allerlei gewiekste topadvocaten, die er alles aan zouden doen dat ze eventueel in Nederland berecht zouden worden. En dat ze hun straf ook gewoon in ons land mogen uitzitten. Dan kan de familie namelijk gezellig op bezoek komen. Hoewel straf? Het wordt vast met een enkelbandje naar Minerva of Vindicat.

Ik ging verder in mijn boek over de Tweede Wereldoorlog in Wenen. Dus ook de Kristallnacht, het antisemitisme dat daar welig tierde en alle verschrikkingen en vernederingen die daarna volgden. Om niets werden mensen doodgeschopt. Toen het me even te veel werd legde ik het boek weg en keek ik routineus op mijn telefoon. Ik zag foto's van mensen met Jodensterren op hun jas. Een mevrouw droeg zelfs een gestreept concentratiekamppakje. Dat maakte haar trouwens niet slanker. Ik schrok niet. Domweg omdat ik wist dat het om wauwelende wappies ging. Wappies die geen vaccinatie willen. Dat lijkt me hun goed recht. En dan is het heel logisch dat je je dan tijdens een demonstratie vergelijkt met de Joden in de nazitijd. Dat ligt voor de hand. Dat is smaakvol en historisch gezien volkomen juist. Daar is door deze club vast lang en breed over nagedacht.

Oké, ze willen niet gevaccineerd, maar bij dit soort beelden gun je sommige types wel een spuitje, dacht ik zacht. Zo'n verklede prikpsychopaat met een Jodenster! Het zal je geliefde maar zijn of je moeder of je vader of je broer... Vaccinatiecarnaval. Misschien is dat het juiste woord.

Is het een idee om Jort Kelder te vragen dat als hij binnenkort een werkloos mannetje binnen zijn bedrijf heeft of die wat filmpjes wil maken waarin de wappies nog één keer helder wordt uitgelegd wat de Joden toen precies is overkomen? Of is Jort op dit moment harder nodig bij het succesvolle Bij1 dat ook op scheuren staat? Hoewel het bijna overleden CDA natuurlijk ook wel wat publicitaire hulp kan gebruiken. Maar ik denk dat Sywert van Lienden dat met zijn vuige vrienden Camille en Bernd gaat regelen. Om niet uiteraard. Of heeft hij die gestolen dertig miljoen inmiddels al terugbetaald?

Voor dat bedrag kan je zoon trouwens een stief kwartiertje de ruimte in. Dat is weer eens wat anders dan Mallorca. Zo'n reisje verruimt zo'n jongen zijn blik. Letterlijk en figuurlijk. Dan kan hij bijvoorbeeld zien dat ze op dit moment in Madagaskar moeten leven van een handje sprinkhanen per dag. Mensen die creperen en ook nog eens smachten naar een vaccinatie. Vaccinaties die er wel zijn, maar die ze niet krijgen. Ook al hebben wij in het volgevreten Westen miljoenen vaccins over. Die mogen niet in de armen van de armen. Europese regelgeving. Echt waar. Als al die idiote topadvocaten zich daar nou eens een tijdje in gaan verdiepen. Het is maar een idee.

Asesinato!

Moet je alles geloven? Iemand probeerde mij aan het lachen te maken door te vertellen dat Camiel Eurlings per 1 augustus toetreedt tot de Raad van Commissarissen van het vliegveld van Bonaire. Hij zou gekozen zijn uit zestig serieuze kandidaten. Echt waar. Nu ben ik zo benieuwd naar die 59 afgewezen minkukels. Welke putjesscheppers waren dat? Hoe incapabel ben je als je verliest van Camiel met de losse handjes? Bij de KLM begint iedereen nog steeds keihard te grinniken als ze denken aan de tijd dat het voormalige kroonprinsje van het CDA daar de hoogste baas was en met een wapperende creditcard de hele wereld over vloog. Ach ja, zo gaan die dingen. Dit soort uitgerangeerde types vindt altijd wel weer een baantje. Burgemeester gaat in dit geval niet lukken. Geen dorp wil openlijk beledigd worden. Zelfs Madurodam weigert hem. Andere organisaties mijden hem ook. Dus dan maar een functie elders. Arm Bonaire.

Nog iets grappigs? Een vriend vertelde mij de vrolijke roddel dat onze Thierry zijn boreale oogje op een huis in het Gooi had laten vallen. Toen de eigenaar begreep wie de koper was verkocht hij het gauw voor veel minder geld aan iemand anders. Dit wilde hij zijn voormalige buren namelijk niet aandoen. Er bestaan dus nog echte idealisten. Of het verhaal waar is? Kan me niks schelen. Het is te leuk om niet op te schrijven.

Nog iets grappigs? Op het internet gonst de laatste dagen een foto van de nieuwe auto van onze Sywert, de meesteroplichter die samen met zijn vrienden Camille van Gestel en Bernd Damme de Nederlandse staat voor honderd miljoen getild heeft. En dat ook heeft toegegeven. Het karretje is een diarreekleurige BMW, het merk dat het doorgaans goed doet in criminele kringen. Maar... het is een cabrio. Auto met droogkap dus. Dat vinden boeven leuke auto's. Maar dat kan toch niet? Die jongen kan nooit in een open auto door ons land rijden? Die wordt bij ieder stoplicht murw getoeterd en rijdt door een woud aan middelvingers. Tot hij het gejatte geld heeft terugbetaald natuurlijk.

Nu heeft hij geluk dat het in ons land bijna altijd regent. Soms zelfs medailles. Zoals afgelopen woensdag. Dat was weer eens een ouderwets lekker olympisch recorddagje. Wat zijn die Spelen trouwens saai. Ik mis niet alleen het publiek, maar ook onze hossende koning en de kraaiende Erica. En Camiel Eurlings natuurlijk. Die sjouwde daar ook ooit triomfantelijk rond.

En ik vraag me af of de volgende Spelen niet weer gewoon door de NOS moeten worden uitgezonden in plaats van SBS. Omdat alles nu zo tranentrekkerig is. Iedere medaillewinnaar komt uit een inktzwarte persoonlijke periode en heeft zich naar dit eremetaal gevochten. Alleen die ene BMX'er had nog niks meegemaakt. Die reed daarom maar een official dwars doormidden. En daarna goud! Dat is pas echt topsport.

Waar ik trouwens niet om kan lachen is die diep trieste Mallorca-zaak. Ik begrijp dat allerlei schuimend internetgajes een officier van justitie opjaagt omdat ze toevallig dezelfde achternaam heeft als een van de verdachten. Oké, dat hoort niet. Net als die circulerende lijstjes met namen van zogenaamde verdachten. Maar daar moet het OM niet om gaan zitten janken. Het gaat hier namelijk om iets anders. Er is een Nederlandse jongen vermoord. En een aantal kopschopkakkers wordt daarvan verdacht. Dus het gaat niet om een scooterdiefstal of een opstootje met een strenge discoportier. Nee, Carlo Heuvelman is dood. En iedereen weet wie de verdachten zijn en iedereen weet ook waar ze zitten. Dan pak je ze toch op? Net als de vermoede belager van die arme Frederique uit Amstelveen. Die zit toch ook gewoon vast? Kortom: het hele zootje naar het politiebureau en daar onderzoeken wie wat gedaan heeft. En de onschuldigen daarna vrijlaten. Je hebt toch geen veertien dagen nodig om de Spaanse stukken te vertalen? Kom op zeg. Dat geeft maatschappelijke wrevel. Zal ik anders vast even helpen? Moord in het Spaans is asesinato! En doodslag? Homicidio involuntario. Aan de slag dus.

Transsporter

Wil ik weten of de baliemedewerker van mijn bank gay is? Of dat hij polyamoureus is en ieder weekend samen met zijn biseksuele echtgenote de hele nieuwbouwwijk besnuffelt. En gaat het mij wat aan dat de mevrouw die mij aan een hypotheekje helpt vroeger een meneer was en zich na een leven vol vraagtekens heeft laten ombouwen?

Ik zeg dit omdat ABN AMRO in deze prideweek een rare reclamecampagne is begonnen en daarin wordt ruimhartig ingegaan op de seksuele voorkeuren van hun medewerkers. Maar volgens mij gaat mij dat helemaal niks aan. Zoals ik ook niet hoef te weten of mijn kredietbewaker een klassiek heteroseksueel en monogaam huwelijk heeft. Ik wil niks van deze meneer weten. Ook niet of hij naar de kerk gaat of op salsadansen zit. Alleen als dat bij Willem Engel is. Dan draag ik uit voorzorg een driedubbel mondkapje en haal ik een extra dosis bij de prikbus. Zoals de bankslaaf ook niet hoeft te weten met wie of wat ik meestal mijn twijfelaar deel. Laat staan dat het ze ene jota aangaat of ik een saldo bij de spermabank heb.

De medewerkers van ABN AMRO hebben er overduidelijk geen probleem van gemaakt en werken gezellig mee aan de campagne. De dame die de interviews afneemt vertelt aan het begin van een van de gesprekjes dat zijzelf lesbisch is. Belangrijk? Schijnbaar wel.

Mogen we het een trend noemen? Dat van je verwacht wordt dat je je seksuele voorkeuren overduidelijk met iedereen deelt. En dat je op die manier laat zien dat je als bank niet alleen geldwolven in dienst hebt, maar ook echte mensen?

Doet het er sowieso toe wat iemands seksuele voorkeur is? Ik heb het over de werkvloer van een bank waar men doorgaans heel discreet met je privacy omgaat. Je mag over je saldo en je beleggingen alleen fluisteren. En niemand vraagt naar de herkomst van je centen. Pas als je twee miljoen cash in coupures van 20 euro binnen laat brengen door Frank Masmeijer wil er wel eens iemand een voorzichtige vraag stellen. Maar verder wordt alles probleemloos geaccepteerd. Als je maar betaalt.

Denkt u dat er iemand bij een bank stampij heeft gemaakt toen onze nationale oplichters Sywert van Lienden, Bernd Damme en Camille van Gestel hun bij elkaar geritselde mondmaskermiljoenen kwamen brengen? Of staat dat geld via een louche adviseur inmiddels al op een ver Maagdeneiland op een fiscaalvriendelijke sjoemelrekening? Ik vrees dat die glibbers dat inmiddels goed geregeld hebben.

Maar ik vind het dus een idiote actie van ABN AMRO. Hou de geaardheid van je werknemers overal buiten. Het is 2021 en je zou je ogen uit je kop moeten schamen als mensen op grond van hun seksuele voorkeur gediscrimineerd werden. Doe niet alsof je zo verschrikkelijk mondain en progressief bent.

Nogmaals: het gaat mij niks aan of een meneer vroeger een mevrouw was of andersom.

Alleen in de sport wil ik het wel weten. Als ik een vrouwelijke gewichtheffer zou zijn dan gaat de sekse van mijn tegenstanders mij wel degelijk aan. Zoals afgelopen week bij die Nieuw-Zeelandse die vroeger een meneer was. Die kon trouwens niks omhoog krijgen. Dat vond ik wel weer geestig. Maar in zo'n sport klopt het gewoon niet als je ooit met andere hormonen begonnen bent. Net als bij hardlopen. Kom op zeg. Ze moeten maar lekker een aparte transsporterscompetitie beginnen. Als extra Olympisch onderdeel.

Maar ik weet dat ik me nu op spekglad ijs begeef. Heel woke Nederland slijpt de messen. Heeft u ook zo gelachen om de Amerikaanse hoogleraar in de evolutionaire biologie aan de Harvard University die gewoon keihard weigert om het over 'zwangere mensen' in plaats van 'zwangere vrouwen' te hebben. Ze wordt nog niet met ontslag bedreigd, maar het scheelt niet veel. Zwangere mensen klinkt neutraler. Iedereen kan namelijk zwanger worden. Zoals het woord moedermelk ook taboe schijnt te zijn. Dat is mensenmelk.

Mijn eigen mens moest hier ook om lachen. Wie mijn mens is? Mijn vrouw. Sorry, mijn heteroseksuele vrouw.

Pot met panne

Nadat Lionel Messi en zijn vrouw Antonella bittere tranen hadden geschreid omdat ze Barcelona moeten verlaten, kwam het tweede probleem: hoe vertellen we het aan de kinderen? Zij hadden het kroost in december namelijk beloofd dat ze in de Catalaanse hoofdstad zouden blijven. Dus dat was wel even een klusje. Of zoals Messi zelf tegen de BBC zei: 'We wisten dat het een harde klap ging worden. Zeker voor Thiago (8). Als hij pijn heeft zie je dat nooit aan hem. Maar diep vanbinnen lijdt hij.'

Achteraf viel het het echtpaar Messi mee. Misschien heeft hij zijn salaris aan het gevoelige kereltje opgebiecht. Dat kan helpen. Of hij heeft het jochie verteld dat hij nu bij de bruut Sergio Ramos in het elftal speelt, dus dat papa door deze mensensloper niet meer in tweeën kan worden geschopt. Ik herinner mij een overtreding van de centrale verdediger van Real Madrid die tijdens de *clàsico* met zijn kicksen vol op de hand van Messi ging staan. Per ongeluk? Absoluut niet. Maar ik denk niet dat Lionel daar nog moeilijk over doet. Zeker niet bij Paris Saint Germain. De eigenaar van zijn nieuwe club is namelijk het oliestaatje Qatar en daar zeiken ze niet over een paar gebroken vingers. Vraag maar aan de Aziatische slaven die daar voor een paar euro per maand de stadions voor het komende WK in elkaar mogen metselen.

Even mijn excuses maken: ik schreef heel klassiek 'slaven', maar dat moet natuurlijk zijn: 'tot slaaf gemaakten'. Ik verbeter dit omdat ik deze week een officieel foldertje van de overheid met de titel *Waarden Voor Een Nieuwe Taal* ontving. Daarin wordt uitgelegd dat wij, die in de kunst- en cultuursector werken, een nieuwe taal moeten gaan spreken. Zo mogen wij het niet meer hebben over 'zwart geld' of 'een zwarte bladzijde in de geschiedenis' omdat dat negatief is tegenover mensen met een niet-witte huidskleur. Ik had deze associatie trouwens nog nooit gelegd. Ook is het beter als ik de theateravond niet meer begin met 'goedenavond dames en heren' omdat dat voor de nonbinaire en/of genderqueer en genderfluïde personen veel te pijnlijk is. Ik maak graag van de gelegenheid gebruik om in deze column mijn excuses aan iedereen aan te bieden die ik de afgelopen jaren nodeloos gekwetst heb. Onbewust heb ik mij als cisgender man misdragen en mijn nieuwe show zal ik dan ook openen met een fris en vrolijk 'Goedenavond personen!' Dat lijkt mij het veiligst. Het foldertje wijst ons artiesten er duidelijk op dat een nieuwe taal nodig is. Voorbeeld? Als een lesbienne autopech heeft mag je dat niet 'een pot met panne' noemen. Domweg omdat iemand meerdere identiteiten uit het acroniem LHBTIQ+ in zich kan dragen. Iemand kan én lesbisch én transgender vrouw zijn of panseksueel én genderqueer. Zo staat het in de folder. Ik bedoel maar. En daar had ik tot nu toe nooit over nagedacht. Ik stond iedereen vanaf het podium jarenlang maar een beetje dom te schofferen. Ik ben zo blij dat me nu duidelijk is uitgelegd dat een Nederlander niet altijd wit is. Getint kan hij/zij/hen ook zijn. Maar het woord halfbloed is weer kwetsend. En de term 'Arabische wereld' is eveneens uit den boze. Dat wordt 'de overwegend Arabischtalige wereld'. Omdat er in die woestijn meer talen worden gesproken. Nee, dat wordt een frivool avondje als ik binnenkort in politiek correcte volzinnen ga ouwehoeren. Om halfeen 's nachts zit u nog versuft te stuiteren in uw theaterstoel. Ouwehoeren is trouwens ook een zeer kwetsende uitdrukking waarmee ik sekswerkers op leeftijd beledig. Sorry.

Maar terug naar de kleine Thiago Messi, die over een aantal jaren hoort dat zijn vader vet betaald is door een land waar duizenden tot slaaf gemaakte sloebers stierven voor het organiseren van een dom voetbaltoernooitje waar de hele wereld gulzig naar keek. En het aantal slachtoffers kon niemand ene flikker schelen.

Aan deze laatste regel moet ik nog even werken. Dat flikker is wel heel erg grof en... onnodig kwetsend.

Afghanistoned

Na een kort tripje naar Parijs laadde ik donderdagavond de tassen uit mijn auto. Een mevrouw herkende mij en begon in onvervalst plat Amsterdams vrolijk tegen mij te tieren over haar huisje in Zandvoort. Daar kan ze in het komende Grand Prix-weekend niet met de auto komen omdat pandjesprins Bernhard en zijn vriendjes hun slurpende kakkerstractoren moeten parkeren. Als die glibber maar weet dat ik 'vuile huisjesmelker' in zijn deur zal krassen. Of ik dat vast in mijn wekelijkse stukje in die grachtengordelkrant wilde schrijven? Dan weet hij dat vast. Een gewaarschuwde bril telt namelijk voor twee.

Ze had een brief van de gemeente ontvangen en daarin stond glashard dat ze dat eerste septemberweekend met de auto Zandvoort niet in kon. En dat bij een autosportevenement. Dat heet een gotspe. En of ik wist dat er in Assen een kant-en-klaar circuit lag waar niemand last zou hebben van zo'n zielig potje tijdverdrijf voor verwende krengen? Maar de eigenaar van dat racebaantje was geen lid van de koninklijke familie. Dus was Drenthe kansloos. Het is hier gewoon net Qatar. Misschien wel erger.

Of ik naar die Formule 1-onzin ging kijken? Ik legde haar uit dat ik tijdens de Grand Prix een paar dagen gezellig hutjemutje op die camping naast het circuit ga staan. Samen met 5000 andere treurwilgen gezellig de duinen plattrappen. Ik heb daar alle tijd voor omdat de festivals, waar ik eigenlijk zou spelen, niet doorgaan in verband met besmettingsgevaar.

Ze keek naar mijn afgetrapte stationcar en kon zich niet voorstellen dat ik een raceliefhebber was. 'Nee,' zei ik, 'ik ga voor de laatste rugstreeppadden en zandhagedissen. Er zijn er nog precies twee.'

Of ik het met haar eens was dat het een godvergeten schande is dat die enge Oranjefamilie dit allemaal schaamteloos voor elkaar heeft gekregen? Terwijl de hele evenementenbranche kermend op zijn reet ligt? Of ik het niet raar vind dat er allerlei politici hebben lopen knippen en buigen om dit milieuvriendelijke feestje voor die Van Vollenhoventjes voor elkaar te krijgen? Politici met klimaatdoeleinden! Haar ogen spoten vuur. Wedden dat hun neefje de koning ook nog even poolshoogte komt nemen? Of scheurt die in zijn ordinaire speedbootje door de Griekse wateren om wat verse Afghaanse vluchtelingen op te pikken?

Ze zuchtte en vroeg of ik wist hoe er in Kabul gereageerd is op de samenvoeging van onze Gouden

Kalveren. Men is daar vast heel blij dat onze filmwereld nu ook genderfluïde is geworden. En ze hoopte zo dat het Gouden Kalf voortaan non-binair is. Zal er daar in Afghanistan nog een tolk leven die dit belangrijke Nederlandse nieuws voor die mensen kan vertalen? Of zijn die allemaal al vermoord? Leuk om daar ooit een film over te maken!

Of ik de actualiteit een beetje volgde? Of ben je Afghanistoned? Die gezellige exodus daar. Daar letten ze niet al te streng op de anderhalvemeterregel. En die islamietenjurken houden van een avontuurtje. Als je zelfs op de vleugel van zo'n toestel gaat zitten dan ben je wel aan vakantie toe. En goed dat onze nationale mondkapjescrimineel Sywert en zijn vrienden daar niet wonen. Dan hadden ze geen hand meer over.

Ik vertelde haar dat de Fransen al vier maanden bezig waren met de evacuatie van hun bedreigde landgenoten. Plus de bedreigde Afghanen die hen daar geholpen hadden. Die lopen namelijk het grootste gevaar. Heel Frankrijk wist wat er daar ging gebeuren. In tegenstelling tot onze regering. Die was duidelijk verrast door de overwinning van de Taliban. Mevrouw Kaag was te druk geweest met haar 'nieuwe leiderschap'. Zeker als je eerder tegen de leugenaar Rutte hebt geroepen: 'Hier scheiden onze wegen!' Dan moet je daarna snoeihard kleien aan je eigen beeld en schiet er wel eens een oorlogje tussendoor. Waar geregeerd wordt vallen dooien.

Verbijsterd keken de vrouw en ik elkaar aan. Het was allemaal niet verzonnen.

Hierna gooide ik de tassen terug in de auto. Ze vroeg wat ik ging doen?

Met vakantie! Of ze mee mocht?

Deadline

Dus de zogenaamde 'fly past' van enkele jachtvliegtuigen van onze luchtmacht tijdens de Grand Prix in Zandvoort gaat volgende week niet door. Het ministerie van Defensie heeft dit besloten 'vanwege de ontwikkelingen in Afghanistan'. Dit is de officiële lezing, maar ik hoorde dat het is afgezegd omdat die krent van een pandjesprins te gierig is om zijn overvolle portemonnee te trekken. Alles moet voor niks van die koninklijke knieperd. Hij had ook al een Haarlems bandje beledigd door ze te vragen om gratis te komen spelen. En dat terwijl die jongens door de corona-ellende al een jaar niks verdiend hadden. En je moet toch je huur betalen. Dat hoef je aan een huisjesmelker toch niet uit te leggen?

Inmiddels begrijp ik dat de *prins Benard*, zoals hij in de Amsterdamse vastgoedwereld genoemd wordt, spijt heeft van zijn mailtje aan de popgroep Chef'Special. Het liefste wil hij koffie met ze drinken. Maar die jongens hebben geen zin in een bakkie met die bril.

En ze hebben gelijk. Voor je het weet zit je met zo'n type aan de appeltaart en moet je doen of je hem gelooft. Ondertussen bemoeit ook de zangeres Davina Michelle zich met het meurende zaakje. Zij zingt het volkslied volgende week alleen als de andere artiesten gewoon betaald worden. Zijzelf doet het voor niks. Geen idee waarom.

Als Davina het niet doet kan de pandjesprins beter de mondkapjeschristen Sywert van Lienden en zijn medeoplichters Camille van Gestel en Bernd Damme vragen om een riedeltje te zingen. Dat klinkt wel ongelofelijk vals, maar die doen het tenminste voor niks. En als Max goed gas geeft hoor je er niks van.

Wat de luchtmacht nu gaat doen? Een extra rondje Veluwe en dan even lekker door de geluidsbarrière zodat je dat gekrakeel in De Harskamp niet hoort? Lijkt mij geen gek idee. Hoewel? Zo angstaanjagend was dat roedeltje Veluwse hangjongeren nou ook weer niet. Ik dacht geen moment: straks brengt een van die boerenpubers zijn bomgordel tot ontploffing. Het grootste probleem van die avond? Of er nog genoeg bier in het krat zat. En een paar agenten lieten de politiehonden uit. Die moesten toch poepen. Meer was het eigenlijk niet. En ik verstond die kinkels ook niet. Wat riepen ze? Eigen tolk eerst?

Toch was ik ook wel weer verbijsterd. Zo vlak na de wanhopige beelden op het vliegveld van Kabul. Ik begrijp dat ze op die gelovige Veluwe principieel geen televisie mogen kijken en daarom niet weten wat een vluchteling precies is, maar toch...

Deze week ging het in de media veel over de achterstand in ons onderwijs. Het is volgens de kenners twee voor twaalf. Er moeten meer bijlesleraren komen en meer psychologen en meer pedagogen en meer opvoedcoaches en meer logopedisten en meer stressdeskundigen en meer armoedebestrijders... En iedereen moet woke en genderfluïde worden. Terwijl ik alleen maar dacht: meer geschiedenisboeken. Leer die kinderen wat oorlog is en wat oorlog doet. En leg ze haarfijn uit waarom mensen op de vlucht slaan. Het is maar een idee.

Inmiddels heb ik ook begrepen dat onze regering onthutst is door de situatie in Kabul. De ministers waren de laatste maanden drukker met de kleinzielige formatie dan met hun echte werk. Terwijl de Britten en de Fransen zich al weken het schompes evacueerden vierde Ank Bijleveld gezellig vakantie op de camping en las bewust geen mails. Ankie Broekers-Knol was vooral lekker druk met het op eigen houtje in elkaar flansen van uiterst dubieuze wetgeving rond kansloze asielkinderen. Sigrid en Mark waren vooral bezig met elkaar. Mariëtte Hamer punnikte ondertussen aan een vloerkleed waar heel veel onder kan verdwijnen. Een ontwerp van Daan Roosegaarde. Of van iemand anders. Dat weet alleen Daan Roosegaarde.

In Kabul is de deadline inmiddels verstreken en

doen de Taliban waar ze goed in zijn. Waar ze heel goed in zijn. Zelden was het woord deadline zo waar. Zo verschrikkelijk waar. Om te janken zo waar.

En speciaal voor Daan Roosegaarde: deze laatste regel heb ik gejat van Maarten van Roozendaal

Inhoud